长安诗心

新世纪陕西诗歌散论

宋宁刚 著

中国社会科学出版社

图书在版编目（CIP）数据

长安诗心：新世纪陕西诗歌散论/宋宁刚著.—北京：中国社会科学出版社，2019.3
ISBN 978-7-5203-4037-3

Ⅰ.①长… Ⅱ.①宋… Ⅲ.①诗歌评论—中国—当代—文集 Ⅳ.①I207.22-53

中国版本图书馆 CIP 数据核字（2019）第 027203 号

出 版 人	赵剑英
责任编辑	周晓慧
责任校对	无 介
责任印制	戴 宽

出　　版	中国社会科学出版社
社　　址	北京鼓楼西大街甲 158 号
邮　　编	100720
网　　址	http://www.csspw.cn
发 行 部	010-84083685
门 市 部	010-84029450
经　　销	新华书店及其他书店

印刷装订	北京君升印刷有限公司
版　　次	2019 年 3 月第 1 版
印　　次	2019 年 3 月第 1 次印刷

开　　本	880×1230　1/32
印　　张	8.5
插　　页	2
字　　数	205 千字
定　　价	48.00 元

凡购买中国社会科学出版社图书，如有质量问题请与本社营销中心联系调换
电话：010-84083683
版权所有　侵权必究

目 录

前言　文学的自信 / 1

上　编

一　在历史与时潮中：陕西诗歌六十年
　　——从《陕西文学六十年（1954—2014）：诗歌卷》
　　看当代陕西诗歌发展 / 3

二　透过汉语的优柔与沉静
　　——评《天生丽质》兼及汉诗的一种可能性 / 23

三　北方的书写与气象
　　——试论阎安的诗歌创作 / 34

四　诗意的呈奉者，人世的思索者
　　——论第广龙的诗兼与刘亮程比较 / 57

五　北纬零点七度的童话或"爱情"
　　——读之道《咖啡园》/ 73

六　故人·异乡人·幸存者
　　——读横行胭脂的诗 / 87

七　写出孩童的纯真、良善与诗意
　　——读周公度《梦之国》/ 98

八　水气·绮思·女性意识
　　——贾浅浅诗歌读后 / 109

下 编

九 葳蕤的生长！评判的可能？
　　——"2016·陕西80后诗歌大展"印象 / 123

十 非非派诗歌的秦地光大者
　　——秦客论 / 134

十一 衰朽与死亡的歌哭
　　——论子非《麻池河诗抄》/ 156

十二 智性之诗与解构的灵魂
　　——论袁源的诗 / 177

十三 "在纸上交出我的灵魂"
　　——简论惟岗的诗 / 203

十四 无声者的梦与歌
　　——论左右的诗 / 208

十五 时序与创痛的转化
　　——读梁亚军的诗 / 222

十六 "这江南风物,终于伤害我成为一个诗人"
　　——炎石及其诗歌印象 / 235

附录一 缅怀、重审与写作的界限
　　——"纪念胡宽逝世20周年诗歌座谈会"上的发言 / 243

附录二　一个诗人学者之于大学的意义
　　——在吕刚《诗说》座谈会上的发言 / *251*

后记　向往好批评 / *257*

前言　文学的自信

新文化运动之初，白话文——更不用说白话文学——是孤立而寂寞的。否则，也用不着刘半农和钱玄同演双簧。虽然 1915 年当时的教育部规定，学校的教育要讲授白话文，但是，以那时的文化气氛和历史惯性，文言文仍然是主流。1915 年 9 月，《新青年》（那时叫《青年杂志》）在上海发行的时候，也不例外，全都是文言。苏曼殊的创作、刘半农的翻译，概莫能外。在 1917 年以后的《新青年》上，白话文（尤其是白话诗）才渐渐多起来。一边发扬新的文学观，刊发以白话文写的新作，一边与一些旧派文人如林琴南等打笔仗。进入 20 世纪 20 年代后，则是与《学衡》和《甲寅》等论战。前者的主编是与胡适一样留美的"同学"吴宓（虽然胡适在哥伦比亚大学，吴宓在哈佛大学，两者并无直接交集），后者的主编章士钊则是陈独秀的老上级——章士钊在日本创办《甲寅》杂志时，陈独秀在他手下工作过。

在白话文运动之初，旧派文人对白话文学的批评，不难让人想起戊戌变法前后梁启超所受到的批评，说他的文章是"报章体""野狐禅"，一脸的不屑。说起来，虽只相隔 20 年，却惊人的相似。不过，批评归批评，白话文和白话文学还是很快成长、壮大起来。在短短十几年里，就发展到书店（上海良友图书印刷公司）要编"新文学大系"了。很难想象，当时见证白话文学发展的出版人，参与白话文学创作的作家、诗人、知识分子，他们的文学自信是从哪里来的？

《中国新文学大系》的总主编是赵家璧。1934年12月25日，鲁迅接受赵家璧的邀请，同意编选"新文学大系"小说卷时，赵家璧才28岁。这一年，其他几位编选者如茅盾（编选《小说一集》）38岁，郑振铎（编选《文学论争集》）、朱自清（编选《诗集》）36岁，编选《史料·索引》的阿英最年轻，只有34岁。年龄最大的是鲁迅，54岁。令人不解的是，他们从哪里来的自信，就这么当仁不让地干了起来？他们所编选的内容可是从1917年到1926年10年的创作与理论。此间的许多白话文学作者，当时都不过20多岁（像俞平伯、冯至等年轻作者在创作之初甚至不到20岁），年龄最大的作者之一鲁迅，也不过处于36岁和45岁之间……

除了鲁迅中年式的沉郁与深刻外，中国现代文学自有其孩童般率真的一面。在新文学发展近20年后，为之做一番拣择、整理的工作，也为历史留下一些基本的资料。对此上海良友图书印刷公司也有它的考虑，无论从社会的角度，还是从商业的角度……这些都是理由，但是似乎也说明不了——至少难以完全说明，那时的诗人、作家和学者为什么对于新文化运动之初的10年、发展还很不成熟的文学，有那样的信心和尊重？为什么会对年轻人的创作感兴趣？

转眼100年过去。从新文化运动发轫至今，已整整一个世纪了。我们很少再有这样的自信，或说胸怀。如果不算1949年之后的30年因为政治因素和自我封闭而夜郎自大，能与新文学最初20年的朝气和自信相媲美的，大约要算20世纪80年代了。20世纪80年代前半期，虽然政治气候乍暖还寒，但是"解冻"是无疑的了。在文学创作上,从"伤痕文学""寻根文学"到"改革文学""先锋文学",文艺思潮汹涌激荡,文艺新作迭出。10多年后,这一时期涌现出的文学思潮与文学作品,就再一次"鲁莽"地"冲"进了《中国当代文学史》,被无数中文系的师生阅读、学习、讨论,已然经典化。

与文学的式微有关么?21世纪以来的文学远没有这份幸运。眼看21世纪第三个10年就要开始了,我们对过去20年的文学创作与发展关注、了解、讨论、总结得如何?除了伴随着新作品的发表或出版而跟进的文学评论外,其他严肃的回顾与总结。真是少之又少——哪怕如今各类作品研讨会多得满天飞。

进入21世纪以来,笔者就开始关注、阅读当代文学。不过,直到21世纪的第二个10年,笔者才开始与陕西诗歌真正结缘。现在呈现给读者的这部《长安诗心:新世纪陕西诗歌散论》,就是近10年结缘的一个汇集和整理。它也只是对一省之内过去10余年间新出现的诗人或诗作的评述与论析,谈不上对21世纪文学有什么贡献,至多算是对21世纪文学——尤其是诗歌发展的一个抽样和观察。从某种程度上说,这些文字也是笔者在这个文学显得式微的时代,对文学依然怀有信心甚至激情的一点证明。

书中所论分为上、下两编。"上编"在概述陕西诗歌近60年发展的基础上,分论沈奇、阎安、周公度等20世纪50年代到70年代末出生的代表诗人21世纪以来的创作;"下编"在概述21世纪以来陕西"80后"诗歌创作概貌的基础上,分论秦客、子非、袁源等"80后"乃至"90后"代表诗人的创作实绩。附录是两篇诗歌研讨会的发言稿。前一篇是胡宽的发言,涉及21世纪以前的陕西诗歌,算是为书中所讨论的陕西21世纪诗歌做一点时间上的延伸和铺展;后一篇是吕刚关于《诗说》的发言,谈及一个诗人、学者、老师的诗歌创作与研究，及其在当今大学中的地位与价值。现代文学发展之初，有那么多作家、诗人都在大学中文系任教，宗白华、俞平伯、废名、林庚……几乎数不胜数。进入当代之后，这种盛况再没有出现过。这是为什么？又说明了什么？从体例和内容来看，这两篇发言似与正题稍有距离，实则与正题所论内在地贯通。另外，笔者也希望以这种"发言体"或曰"说话体"（陈平原称之为"讲演体"）的文字，调节一下之前较为严肃的论评，为全书增添一些伸展的枝叶和可能的讨论。

令笔者稍感宽慰的是，本书大半篇幅关注的都是40岁以下的诗人创作。与更为年长的诗人相比，他们被关注和讨论得较少。实际上，他们越来越多地出现并驻留在诗歌创作的现场。无论在生活中，还是在创作中，他们都正在成为中坚。他们理应得到阅读、赏评、鼓励，抑或批判。作为同时代人，我理应关注这个已经不那么年轻的创作群体。也许接下来应当做的是关注更年轻的写作者，向他们学习，向未来学习，正如我做学生时曾长久地将目光转向过去，向古典学习一样。愿读者朋友们也能分享这份朝向未来的心情。

上 编

一　在历史与时潮中：陕西诗歌六十年

——从《陕西文学六十年（1954—2014）：诗歌卷》看当代陕西诗歌发展[*]

一

作为中国当代诗歌的一方重镇，陕西诗歌的发展历程和创作成就，多年来一直缺少历史性的梳理和集约型的展现。尤其是出自本土的、具有代表性和文献价值的全景式选本，一直付之阙如。

2008年前后，适逢改革开放30年，新中国成立60年，全国几乎所有的省区都编辑出版了大型诗选，其中，仅《山东30年诗选》就出了皇皇五卷[①]，甚至一个厦门市也出版了《百年厦门新诗选》。[②]

---

[*] 本文曾作为沈奇、阎安主编的《陕西文学六十年（1954—2014）：诗歌卷》（陕西人民出版社2015年版）序言，后经修改，刊发于《西安财经学院学报》2016年第6期。两次发表署名均为：宋宁刚、沈奇。两位作者均对该文有所贡献。感谢沈奇教授慨允笔者将此文收入本书。

[①] 参见王夫刚、孙方杰、谢明州编《山东30年诗选》，中国文联出版社2008年版。

[②] 参见谢春池、陈铭编《百年厦门新诗选》，香港天马图书出版公司2008年版。

在陕西，作为民间的选本《你见过大海——当代陕西先锋诗选（1978—2008）》①，一年后才出版问世。

可见，在被称为文学大省的陕西，在首先由诗歌精神所构筑起来的汉唐气象和作为中国传统文化华彩段落的地理性象征——长安（西安），当代诗歌的生存与发展是何等艰难。也因此，回顾陕西诗歌过去60年的发展，就不由得让人唏嘘不已。

终于，一个迟到的机缘来到了。在新中国成立65周年的2014年，陕西省作家协会也迎来了她成立60周年纪念。作为此一历史性纪念活动的依凭，也作为其重要的组成部分，分体裁编选的12卷大型文学作品与文学理论和批评选集隆重问世。无疑，这既是对当代陕西文学的一个重要回顾，也是一个检视、反思与展望的绝好契机。

这一大型文学作品选的诗歌卷——《陕西文学六十年（1954—2014）：诗歌卷》②（以下简称"《诗歌卷》"），分上、下两卷集成，总计约700页，2万余行。由陕西本土两位承前启后的代表诗人沈奇和阎安联手主持编选，历时半年，完成了该选本。

从《诗歌卷》的内容看，这部诗选基本的编选理念为：兼容并包，全面呈现；梳理历史谱系，凸显地缘诗学。这部诗选入选诗人诗作的基本条件则为：在1954—2014年60年间，本省籍或外省籍而主要在陕西从事诗歌创作与活动的各个时期的代表诗人，包括非作家协会的代表诗人；在1954—2014年60年间，以其诗歌创作成

---

① 参见沈奇主编《你见过大海——当代陕西先锋诗选（1978—2008）》，西北大学出版社2009年版。

② 参见沈奇、阎安主编《陕西文学六十年（1954—2014）：诗歌卷》，陕西人民出版社2015年版。

就（包括诗歌文化学意义层面之成就和诗歌美学意义层面之成就）在陕西进而全国，乃至海外形成阶段性影响，或具有持久的历史性影响的、重要而优秀的诗人。这部诗选入选诗歌作品的基本条件为：在1954—2014年60年间，在本省及全国乃至海内外各类报刊及出版社发表或出版的个人代表作品，包括在地方民间诗报、诗刊发表或自行印制的诗集之代表作品；在1954—2014年60年间，于现实主义、现代主义、浪漫主义、新古典主义等各种创作路向上，或从社会学、历史性上看，或从文学性、思想性上看，具有鲜明艺术风格和时代精神风貌，或具有实验性与探索性而思想健康的代表作品。

这部诗选以1954—2014年60年的陕西新诗历史发展基本进程为序，并参照学界当代文学史和当代诗歌史分期理念，大体按1954—1976年之"文化大革命"结束之前期阶段〔包括当代文学史叙述中的"十七年"（1949—1966）文学及"文化大革命"（1966—1976）时期文学〕，1977—1986年之"新时期诗歌"阶段，1987—1999年之"第三代诗歌"和"九十年代诗歌"阶段，2000—2014年之"新世纪诗歌"阶段，分四辑编选。

各阶段入选诗人基本上依照年龄排序，个别阶段依照此一阶段之代表性诗人的特殊位置稍做调整。入选诗人原则上按照每人最多6首、一般2首诗作的数量进行编选。入选的诗作原则上以短诗为主，对个别诗人的重要长诗代表作或做少量"节选"，或只在目录中做"存目"处理。基于上述体例与选编标准，最终入选诗人130余名，诗作500余首。

二

谈及陕西诗歌，难以回避的一个问题是，它在中国当代诗歌版图上的位置。从一些重要选本来看，情形似乎不容乐观，甚至可以说令人深感遗憾。

比如，在由中国当代诗歌的著名研究学者、北京大学谢冕教授任总主编的 10 卷本《中国新诗总系》①中，陕西诗人诗作入选的情况为：

"1949—1959 年卷"（谢冕主编），共收入近百位诗人的作品及十余首未署名的"大跃进""新民歌"，陕西仅有柯仲平《母亲颂》、魏钢焰《战斗的爱歌》、玉杲《方彩英的爱情》（叙事诗）和王老九《歌颂毛主席》《歌唱三户贫农》4 人 5 首入选。

"1959—1969 年卷"（洪子诚主编），共收入 60 位诗人的作品，陕西无一人一首诗入选。

"1969—1979 年卷"（程光炜主编），共收入 45 位诗人的作品，如果不算灰娃（1927 年生，女，祖籍陕西临潼，曾在西安读完小学 6 年，12 岁到延安，在"延安儿童艺术学园"学习。后到解放军"二野"工作。1955 年进入北京大学俄文系学习，1961 年被分配到"北京编辑社"做文字翻译，因病提前离休至今。丈夫为当代著名画家张仃。灰娃出生并成长于陕西，但作为诗人，她的创作基本上不在陕西，至多算半个陕西诗人，虽然我们十分愿意认其为陕西诗歌的荣

---

① 参见谢冕主编《中国新诗总系》（1—10 卷），人民文学出版社 2009 年版。

耀）及其入选的12首诗，陕西仍无一人一首诗入选。

"1979—1989年卷"（王光明主编），共收入100位诗人的作品，陕西仅有贾平凹《远行》《一个老女人的故事》1人2首诗入选。

"1989—2000年卷"（张桃洲主编），共收入100位诗人的作品，陕西仅有胡宽《惊厥》《生命里不允许杂质混迹其中》和伊沙《饿死诗人》《车过黄河》《结结巴巴》共2人5首诗入选。

在如此权威而宏大的选本中，陕西诗人几乎处于缺席状态，即或考虑编选者视野与观念局限之因素，陕西诗歌也不应低微到如此地步。

世纪之交，由姜耕玉编选、在诗学界也颇有影响的5卷本《20世纪汉语诗选》①，其中第3—5卷为1950年后的当代诗歌部分，其卷3（1950—1976）收入96位诗人的作品，陕西无一人入选；卷4（1977—1999·上）收入86位诗人的作品，陕西仅雷抒雁一人入选；卷5（1977—1999·下）收入127位诗人的作品，陕西仅梅绍静《唢呐声声》《日子是什么》《她就是那个梅》、岛子《诗集》、贾平凹《我的祖先是从山西大槐树下来的》、秦巴子《在平原上》、耿翔《莫问黄河》《大秦腔》5位诗人8首作品入选。若考虑到雷抒雁、梅绍静和岛子三位实际上只能算"半个"陕西诗人，贾平凹更是以小说家立身入史，在如此大型选本中，陕西也几乎处于缺席状态。

在与姜耕玉的5卷本《20世纪汉语诗选》同时问世、由西南大学中国新诗研究所编选的3卷本《新中国50年诗选》②（其中第3卷为香港及散文诗、叙事诗、讽刺诗、现代格律诗和歌词）中，陕西

---

① 参见姜耕玉主编《20世纪汉语诗选》（3—5卷），上海教育出版社1999年版。
② 参见西南大学中国新诗研究所编《新中国50年诗选》（1—3卷），重庆出版社1999年版。

当代诗歌的"阵容"稍稍有点"眉目"：

第1卷收入206位诗人的作品，陕西仅8位诗人10首作品入选，按编目顺序（姓氏拼音）分别为：岛子《水上芭蕾》，刁永泉《断想》，戈壁舟《故乡》，耿翔《陕北女子》《想起陕北民歌》，胡征《青铜剑》，雷抒雁《小草在歌唱》《铸钟》，李汉荣《李白梦游天河》，刘亚丽《白领丽人》。

第2卷收入230位诗人的作品，陕西仅12位诗人14首作品入选，按编目顺序分别为：毛锜《司马祠漫想》，梅绍静《她就是那个梅》，商子秦《我是狼孩》，沈奇《沈园》，王德芳《真理的回答》，王老九《除了肚里大疙瘩》，渭水《安塞腰鼓》《大难之后：中国的沉思》，魏钢焰《你浪花里最清的一滴》，闻频《高原，高原》，杨争光《大西北》，朱文杰《魏延反骨考》，子页《古城》《水的命题》。

以上两卷436位诗人近700首（包括组诗）作品，陕西仅有20位诗人24首作品入选，入选率不足该选本的5%，而这已是各类编选中最好的"份额"了。

由高建群、石堡、杨军宪、韩万胜于1990年联手编选的《新诗观止》①，系陕西本土选家最早从诗学角度打通现当代和海内外而编选的一部重要选本，收录了自胡适起的169位现当代诗人的272首作品，其中陕西诗人入选情况如下——

玉杲《唱给西安的情歌》，雷抒雁《小草在歌唱》，闻频《黄河故道》，晓雷《中国正在植树》，梅绍静《唢呐声声》，毛锜《司马祠漫想》，沈奇《悬崖上有棵要飞的树》，商子秦《我思念北方》，王宜振《笛王的故事》，岛子《荒原狂想曲》，高建群《人生百味》

---

① 高建群等编：《新诗观止》，陕西人民教育出版社1993年版。

《你有一位朋友》，共 11 位诗人 12 首作品，算得上一次稍稍能凸显陕西诗歌成就的编选抽样。

2005 年，由诗人伊沙主编的《被遗忘的诗歌经典》①，选收了自昌耀至"80 后"共 225 位当代诗人的诗作，陕西诗人入选有：丁当《房子》《时间》《星期天》，沈奇《上游的孩子》《十二点》，伊沙《车过黄河》《饿死诗人》《结结巴巴》《中国底层》《唐》（长诗节选），秦巴子《中药房》《星空》《雕塑家》《散场》，李岩《每日的强盗》，刘亚丽《吸烟的女友》《人行道上的尼姑》，南嫫《掠夺》，朱剑《无题》《书店老板的恐惧》《清明节》《磷火》《菜市场轶事》《囚徒》，秦客《写小说的下午》《油菜花》，子村《父亲》共 10 位诗人 27 首作品，可谓 21 世纪以来陕西诗人最为华丽的一次集合亮相了。

从以上众多选本来看，当代陕西诗歌的景况似乎一直不显山不露水而有些差强人意，但若是仔细推想，又不见得真是如此。

以谢冕教授主编的《中国新诗总系》为例，在"1949—1959 年卷"的近百位入选诗人中，有台湾诗人 11 位，据笔者的不完全统计，此外的 80 多位大陆诗人，有将近一半的人来自政治中心北京，无论是距离政治权力中心较近的如胡风、郭沫若、郭小川、贺敬之等人，还是作为距离政治较远的如林庚、冰心等人，很难说他们是属于某一省份或地区的诗人，相反，说他们来自"首都"，才更为恰切。如此一来，留给各个省份的名额，就非常有限了。陕西诗人，有 4 人 5 首入选，远超出各省平均水平。

在"1959—1969 年卷"的 60 位入选诗人中，来自港台的就有 40

---

① 伊沙编：《被遗忘的诗歌经典》（上、下），太白文艺出版社 2005 年版。

位，其余20位大陆诗人，除袁水拍、郭小川、贺敬之、李瑛、闻捷、林庚、陈敬容等13位诗人当时就公开发表的诗作外，还包括了蔡其矫、曾卓、绿原、唐湜、流沙河、昌耀、黄翔7位"当时未发表的诗"。那是个艰难过渡的历史阶段，诗歌创作也未能幸免。陕西没有诗人诗作入选，没什么遗憾。

"1969—1979年卷"的情形与此相似。在45位入选诗人中，有23位来自台湾和香港，在入选的大陆诗人中，除了被称为"'文化大革命'遗影"的穆旦、牛汉等7位外，"特殊的歌唱"的郭小川、李瑛两位，"从白洋淀到'朦胧诗'"占10位，正在"兴起"的"新生代"有3位。要说遗憾，那就是在国家政治形势发生变化，思想禁锢逐渐松动的70年代末，陕西没有出现发出那个时代之先声的诗人与诗作，这才是莫大的遗憾。当然，部分的原因是由于地缘文化所限，难得风气之先，因而难免呈现滞后或保守。

对于《中国新诗总系》的"1979—1989年卷"和"1989—2000年卷"只分别选入了贾平凹、胡宽和伊沙的诗作，我们能说这是陕西诗歌的遗憾，并承认它反映了陕西诗歌的整体水平和实力吗？如果不是妄自菲薄，我们认为，很难对此做出肯定的回答。如果想到《中国新诗总系》同时也漏选了不少其他省份的代表诗人，就更是如此。

上述几种诗歌选本，编选陕西诗歌最多的两个选本（大约也因为编选者是陕西诗人，对陕西诗歌的状况有着更多"同情的了解"），即高建群和伊沙的选本，各有侧重，可以说呈现了陕西诗歌的两种重要趋向。

具体而言，高建群的选本显得传统一些，但是比较真实地呈现了陕西诗歌或温和，或粗犷的风格，带着明显的地缘特征。此外，也在不同程度上显示了陕西诗歌的抒情性特征（关于这一点，后文还会论及）。作为对照和补充，伊沙的选本既体现了编选者的个人趣味和取向，也显示了陕西诗歌更为先锋、更为现代，地域色彩则比较淡的一面。其中入选的秦巴子、李岩、南嫫，以及于世纪之交崭露头角的朱剑等，都是其他选本漏选而就整个大陆诗歌发展状况看比较重要的诗人。

相比之下，2006年底，由陕西诗人之道、三色堇等人发起组织并结集出版的旨在"传承陕西诗歌文化、挖掘诗歌新人、呈现陕西诗歌风采"的《长安大歌》，作为展示21世纪陕西诗歌，尤其是活跃于基层的青年诗歌创作状态的大型诗选，最能显示出21世纪以来陕西诗歌的创作面貌，尤其是青年诗人的面貌——这一点，从各个年代所选的人数上即可一目了然（在入选诗人中，20世纪50年代出生的有13人，60年代出生的有38人，70年代出生的有50人，80年代出生的有59人）。[1] 当然，这个选本也因此而显得有些杂而不纯。

两年之后，由陕西诗人、诗评家沈奇主编的《你见过大海——当代陕西先锋诗选（1978—2008）》问世。这部由30位入选诗人、143首入选诗作所构成的选本勾勒出了陕西先锋诗歌30年的轮廓，从总体格局来看，更周全、更完整，同时又更简洁、更精粹——虽然由于其所标称的"先锋"标准所限，而将一些具有代表性的诗人漏掉了。

总之，上述各个选本所选入的陕西诗人和诗歌或者多，或者少，或者各有拣择，各有侧重，都以不同的相貌显示着当代陕西诗歌60年来，尤其是30多年来的发展历程。由此，既为《诗歌卷》的编选

---

[1] 之道主编：《长安大歌》，太白文艺出版社2007年版。

做了铺垫，也成为它的一个重要参照。同时，它也有望在先前各种选本的基础上，成为一个能够体现当代陕西诗歌之60年发展进程的更为整全、更具社会性和历史性的选本。

三

本文一开始我们便提及，这部诗选以1954—2014年60年陕西新诗历史发展基本进程为线索，并参照学界关于当代文学史和当代诗歌史分期理念大致分为1954—1976年之前期阶段、1977—1986年之"新时期诗歌"阶段、1987—1999年之"第三代诗歌"和"九十年代诗歌"阶段、2000—2014年之"新世纪诗歌"阶段。

将陕西诗歌60年发展的四个阶段进行比较整合，不难发现，前面的25年（1954—1979），由于从1949年后到70年代末的政治社会环境，与整个整体诗歌状况相似，陕西诗歌更像是处于"停滞"状态，从时代的喧嚣中抽身而出的个体声音和从诗歌艺术内部出发进行的写作探索极为匮乏。只是从新时期开始，陕西诗歌才像历经寒霜的冬麦一般，从早春中抬头，拱出了属于它的绿色。也只是在这近40年里，才出现了各种流派和写作样式并陈的大格局和大气象。

借用论者说过的话，这前一阶段是"延承'十七年社会主义文学'之诗歌观念的余绪，以官方诗坛和体制内写作为寄生的创作走向，其创作队伍与作品在不同时期都颇为繁盛，但因其所依循的诗歌意识比较陈旧，同时受狭隘的时代精神所限，也便随时代的急速变化而时过境迁"。在特定的政治生态和时代背景下，这种诗歌写作发挥过相当的作用，也产生过相当的影响，具有文学社会学的意义和一定的文学史意义,但从诗歌内部来看,"缺乏真正有分量的诗学价值",因此,必将"逐渐由主流而边缘乃至无效"①。在这一阶段的前期,以魏钢焰、玉杲、田琦、毛琦、党永庵、马林帆、晓雷、闻频、王德芳、曹谷溪等诗人为代表,后期则以子页、刁永泉、商子秦等为代表,主要集中于20世纪50年代前出生的诗人。这些诗人作品的影响,大体局限于20世纪70年代中期到80年代末,进入90年代之后,渐次淡出诗歌界,难以为继。当然,这里的影响所及更多的是指陕西省内。

在这些诗人中,雷抒雁算是个例外。虽然雷抒雁的主题诗歌倾向与此相似,但是通过其"文化大革命"之后的一些代表作,如《小草在歌唱》,他获得了更高的写作平台,开阔了视野,也拓宽了他写诗的路径,致使其后来的诗作,从之前的革命抒情,往夹杂着个人意绪的抒情稍稍发生了位移,诗歌的生命力也比之前的诗悠长了些。

此外,从20世纪70年代末开始至今的近40年里,陕西诗歌或者"秉承朦胧诗以降的'现代主义新诗潮'之诗歌观念,或者行走在"中间道路"上,都于探索中不断发展,更由于新生力量的不断加入而有突破和新的征象。

这两种诗歌路向,前者以"民间诗坛和体制外写作为旨归",为其"创作走向",其创作者"多离散性地分布在大学、城市和青年诗人群体中,以纯粹的艺术追求和诗性生命体验为准则,与横贯整个新时期及跨世纪的先锋诗歌相为伍,潜沉精进,默默崛起,其不凡的成就,既具有文学史意义,又有诗学价值的贡献"。这一路向的重要性

---

① 沈奇:《困境中的坚守与奋进——关于当代陕西诗歌的检视与反思》,《人文杂志》2008年第4期。

在于，正是它的艰难拓展"才使得陕西当代诗歌彻底摆脱了主流意识形态和地域文化视阈的双重挤压与困扰，以不可阻遏的探索精神，和充满现代意识与现代诗美追求的诗歌品质，融入百年新诗最为壮观的现代主义新诗潮，进而走出国门，走向世界"[1]。其前期阶段以胡宽、丁当、沈奇、岛子、杜爱民及杨争光等为代表，后期阶段以伊沙、秦巴子、李岩、南嫫、杨于军、仝晓峰等为代表，21世纪以来，更有横行胭脂、朱剑、黄海、王有尾、西毒何殇、秦客等"70后"与"80后"的年轻诗人作为新生力量的加入和壮大。其作品影响，自20世纪70年代末到横贯八九十年代直至21世纪，近年来渐由边缘而主流，既成为当代陕西诗歌发展的重要力量和真正代表之一，也成为中国当代诗歌的一个重要组成部分。

作为行走在"中间道路"上的后者，不见得有极为鲜明的宣言或理念指引，却以更为本色、更为自然的写作方式，在各自的诗歌审美和趣味指引下，进行着孜孜不倦的诗歌创作。其代表人物有沙陵、关雎、小宛、王大平、渭水、李汉荣、孙谦、阎安、耿翔、朱文杰、刘文阁、尚飞鹏、刘亚丽、吕刚、之道、远村、第广龙、杨莹、王景斌、三色堇、孙晓杰、薛保勤、高彦平、白麟、惠建宁等老中青三代诗人。21世纪以来，更有李小洛、周公度、路男、武靖东、宗霆锋、邹赳晓、王琪、宁颖芳、高璨、杜迁、左右等年轻诗人如雨后春笋般冒出，并逐渐成长为陕西诗歌的中坚力量。这一路向的诗歌立场和美学趣味不尽统一，大体在体制与非体制、传统与现代、"常态写作"与"先锋写作"之间游离摆荡，或后浪漫，或新古典，题材广泛，

---

[1] 沈奇：《困境中的坚守与奋进——关于当代陕西诗歌的检视与反思》，《人文杂志》2008年第4期。

风格多样,守"常"求"变",孜孜以求,并保持了各自不同的精神特质。其作品影响,有不少远及省外与海外。这其中特别需要指出的是王宜振的儿童诗创作,其持之以恒的专注精神和独自深入的艺术造诣,及全国性的特殊影响,都可谓陕西当代诗歌难得出众的一枝独秀。

也正是这一路向诗人的纷纭辈出,成为当代陕西诗歌不断发展壮大的基础与平台,虽然有些由于缺少新锐的诗美追求而稍显滞后,但其写作目的的纯正和诗歌理想的高远,有效地保证了持续发展的精神资源与创造动力。比如诗人阎安的创作路向,曾更接近于"中间道路",在比较明显的新古典主义倾向下,又时有个在的异质性之表现。近几年来,他的前一种倾向越来越纯化,而后一种因素也愈来愈凸显出其现代性。2014年,陕西诗人阎安荣获第六届鲁迅文学奖诗歌奖。这是陕西诗歌所获得的第一个具有官方性质的全国性大奖,既体现了陕西中生代诗人的实力及其在中国当代诗歌中所应有的位置,也为陕西诗歌赢得了全国性的荣誉和关注,更证明了在看似不那么"先锋"的"中间道路"上进行个人性的纵深开掘所具有的无限可能。

以上两个阶段的"三大路向",形成了当代陕西诗歌三大主体性板块,代表着60年来陕西诗歌发展历程的基本样态。同时不能疏忘的另外一大板块,则是从陕西高校之大学校园诗歌起步,而成名于其他诗歌版图的一茬又一茬的青年诗人族群。应该说,他们是有效推动陕西诗歌发展的另一潜在源流,虽变动不居而生生不息,以其青春色彩与纯粹心态,不断提供新鲜的活力和勃勃的生机。这一板块的代表诗人有选入《诗歌卷》的仝晓峰、杨于军、杜迁、史浩霞等,也有没有选入《诗歌卷》的马永波、夜林、方兴东、谭克修、蔡劲松、陶醉等,更有尚在校园中,仍在成长期的一些年轻诗人。这些当年或如今的"校园诗人",其中不少已然各成一家,反馈性地影响到陕西校园诗歌,乃至整个国内诗歌的发展与更新。

将陕西诗歌60年的历程分为前后两个阶段(1954—1979年为前25年,1979—2014年为后35年)的依据在于,前一阶段的诗歌样式,从整体来看,主要体现为民歌、"新生活赞美诗"和政治抒情诗。这些写作样式即使不能简单地说是传声筒式的,至少也是缺乏个性和诗艺上进一步探索空间的。在这些写作样式中,至今还夹杂着"西部风情录"和"地域明信片"余绪的影响,虽然它们已越来越边缘化。从后一阶段初期开始,上述写作样式并没有完全销声匿迹,但已然无可挽回地越来越弱化了。随着"第三代诗歌"和"九十年代诗歌"从诗歌内部开启的自我更新,"西部风情录"和"地域明信片"式的诗歌写作也逐渐走出诗歌舞台的中心。

由此需要提及的是李岩的《北方叙事》(1996)。该诗之所以重要,就是因为以它为标志,陕西诗歌从内部开始了对"陕西想象"的旧的表述方式和思想方式的批判与更新(虽然就这首诗来说,写得不免有些驳杂),正如他在诗中所写,他所要呈现的不是"抒情诗的北方",而是"一首叙事诗细节的北方"。

虽然由于思想的惯性,陈旧的写作方式依然在经过"化妆"之后,或者改头换面,或者半遮半掩地出现(它的变体,包括对历史和传统的想象与书写),但是新的诗歌方式,其力量毕竟是势不可当的。于是,我们看到了以"扬弃"的方式,对之前写作样态进行更新的、更为多样性的当代陕西诗歌写作。

四

经由上述粗线条的梳理,需要进一步追问的是:什么才是当代陕西诗歌的内蕴和或曰本质?什么才是当代陕西诗歌依然鲜活的,具有高度辨识力和实际生命力的特征?可作为对中国当代诗歌之独特贡献的特征?我们认为,大致有以下几点。

第一,先锋性和后现代性。作为先锋诗歌的发源地之一,陕西诗歌当中有这样一支力量,他们的创作人数并不多,队伍也不见得壮大,但是从"50后"的胡宽、沈奇、岛子,到"60后"的丁当、伊沙、杜爱民,再到"70后"的朱剑、"80后"的秦客等人,极力坚持诗歌的现代性乃至后现代性写作姿态,薪火不断,且有越燃越旺之势。也正是这一支创作队伍与国内同行之间的对话、交流最为活跃与丰富,既显示出一种极为开放的精神,也显示出一种与国内同行看齐的广阔视野。

第二,现实性与锋利感。无论是胡宽诗所发出的被压抑的个体的声音,还是伊沙诗歌的解构性,抑或朱剑(《磷火》《陀螺》)、西毒何殇(《戴眼镜的老民工》)等人对底层生存现状毫不回避的书写,都显示出一种"及物"的现实精神,呈露出生存的痛感。必须指出,此种精神与关怀是极为难得也是极为重要的,尤其是置于当代中国语境下而言。

第三,突出的北方气质。不同于北中国,尤其东北的幽密与辽远,这里的北方气质,尤指那种带有大漠般荒凉的旷远与厚重。在李岩、尚飞鹏、刘亚丽、阎安等诗人笔下,这种粗粝、浑厚的北方甚至大漠气质程度不同地显示出来，虽然侧重各有不同，面相各有差异，但他们却共享着一种精神资源和诗意气质。正是这些气质和特征使得他们的诗歌显得内在、紧致、繁密，在现实描述与内在思想的言说之间始终保持着强烈的张力，虽然有时也因此而显得杂而不纯。

第四，抒情性。自20世纪90年代以来，在以先锋和现代自许的诗歌潮流中，诗的"叙事性"和"零度叙事"被不断高扬，抒情诗在很大程度上被忽视和误解。然而，陕西诗歌却由于它特有的传统和地缘惯性，有效地回避了此种风潮的侵袭，在传承和发扬诗歌的抒情性特征上，保留了自身的特色。此种特色几乎可以从"哀而不伤，乐而不淫"的古老诗学传统中听到遥远的呼应与映照。从沙陵、小宛、李汉荣、孙谦、耿翔等几代陕西诗人身上，都可以清晰地看到这种特征。这种抒情性常以温和、低沉的面目出场，既不呐喊，也不嘶吼，而是体现出一种自在、自若的人性之大美，体现出一种恒在的常美。想到百年来在陕西这块土地上，这种气质是多么稀缺和珍贵，我们甚至要说，这就是诗的德性之美。当然，在经过现代主义思想的洗礼之后，这种诗歌路向所需注意的，是如何在最大程度上滤掉渲染之后更加克制和俭省的抒情。

第五，慧心。慧心不是聪明，聪明能够体现为一种机智甚至机巧，慧心却是一种源自生命本身的单纯、优雅、轻盈、剔透，以及心灵高度的跃动感。这种能够体现慧心的诗，在诸如吕刚、周公度等不少诗人的短诗创作中时有体现，并成为别开生面的独辟蹊径。

与此相关的是，在陕西诗歌中，有不少专注于短诗（或曰"小诗"）创作而成绩斐然的诗人，他们极为出色的短小、警觉之作，无不具有"以一当十"的功效，在尺幅之间开拓出了一片非常可观的广阔天地。用以量为衡的心来看，短诗的写作似乎没什么特别之处。

但实际上，短诗不仅具有以简驭繁、以少胜多、余味无穷的力道，而且作为一种难能可贵的创作方向，甚至审美趣味，短诗大都有可圈可点、可商可论之处。出色的短诗佳作，不仅让人一点儿不觉得小，反而有种石落静水中一般无限的延宕与悠远之感。只有深入其中，才会有"小诗不小"① 的觉悟，也才会在这一路脉上自觉深入。

21世纪以来，诗人沈奇以"盛年变法"，"试"作《天生丽质》"小诗"集，独成格局，影响甚大，其中不只是个人兴味使然，而是深得三昧者的有意（识）、有为之举。

此一路向的创作，除上述小宛、吕刚、周公度几位代表外，还有其他一些诗人未必自觉，却同样于此有所贡献。朱剑的《磷火》，孙晓杰的《陈家山矿难》等，都属此类。诗人周公度曾说："中国新诗的标准应是《诗经》的标准：简单的词语，内在的节奏，美好的愿望。"② 其言语方式不免激切和断然，却说出了关于新诗的某些真相，值得深思。

回顾陕西诗歌走过的60年及其诗歌征象，我们可以用继承与革新来概括。新时期之前的发展，更多的是在意识形态制约下的沿袭和继承；新时期之后的发展，有对之前的变革性继承，也有纯然的革新与开拓。之后则更是如此。回过头来看这种发展，仿佛植物的生长一样，由内部萌发、伸长、绽开、壮大，"挤"脱掉旧的思想、观念和诗歌表述方式，春笋般地不断"拱"出来。从某种意义上说，这是所有新生命的共相，当然，也更应当是诗歌的共相。就此一点而言，我们就该为它深深地庆贺。

---

① 沈奇编选：《现代小诗300首》，山东文艺出版社2006年版，序言。
② 周公度：《好诗的标准》，《诗选刊》（下半月）2008年第2期。

五

作为对当代陕西诗歌 60 年发展历程的回顾、梳理、总结与展望，这部诗选算是比较完整、全面和翔实地显示了陕西诗歌的实绩。

当然，也难免有一些遗憾。比如体例不够严谨，是按照诗人出生的年代来排序的，而不是按照不同诗人的历史出场顺序来编排，因为有些诗人虽然年长，但作为诗人的出场却稍晚，即使生理年龄相当，也有出道先后的问题；没有（实则也没有办法）严格地遵从"陕西"诗人——生于陕西，生活在陕西——这一标准，因为部分祖籍在陕西的，曾离开陕西，从外地来陕西，在陕西开始写作的，也有离开的，难以严格判定，所以有的诗人入选了，有的诗人则被漏选。此外，同一个诗人在不同时期写出了不同的代表作，其写作在风格、观念上都有所差异，也未能得到充分的考虑和顾及；已然入选的诗作，有的难以确定时间，有的也难以找到原始出处。如此等等。

诗歌虽然是属于所有人的，但是她更属于年轻人，我们也知道一些仍在成长中的"80 后""90 后"诗人，他们正默默地，热诚、专注地投身于诗歌创作，可以想象得出其队伍的庞大。其中已然冒头的"80 后"诗人秦客、子非、左右、梁亚军，"90 后"诗人程川等，都是其中的佼佼者。与他们一样，各自埋头努力写作的年轻诗人，或者由于作者居无定所而带来的地域身份的顾虑，或者由于编选者的视野所限，亦未能一一选入。比如来自汉中的杨康（1988 年生，曾获"2013 年紫金·人民文学奖"，曾在重庆上大学，现居重庆）和来自商洛的炎石（1990 年生，被南京诗人黄梵称作南京最优秀的，也最有潜力的校园诗人,曾在南京上大学,现居南京)。好在之前有《长安大歌》,之后一定还会有其他选本问世,可以聊作弥补。无论如何,只要年轻的写作者继续其写作,相信总有机会走进世人的视野。

编选文学作品集,尤其是诗歌作品集,永远都是一件费力而难以周全的尴尬之事。姑且不说可能遭遇的外在误解,即使在具体编选上,也会时时遇到各种掣肘和为难,上述遗憾即是明证。如果想起钱锺书先生不无自嘲和反讽的话,就更是如此:

> 诗选很像有些学会之类选举会长、理事等,有"终身制"、"分身制"。一首诗是历来选本都选进的,你若不选,就惹起是非;一首诗是近年来其他选本都选的,要是你不选,人家也找岔子。正像上届的会长和理事,这届得保留名位;兄弟组织的会长和理事,本会也得拉上几个作为装点或"统战"。所以老是那几首诗在历代和同时各种选本里出现。评选者的懒惰和怯懦或势利,巩固和扩大了作者的文名和诗名。这是构成文学史的一个因素,也是文艺社会学里的一个有趣的问题。①

平心而论,在诗歌之被漠视的陕西,编辑出版这样一部诗选实不容易(这次也算是机缘巧合,搭了陕西省作家协会成立60周年纪念的顺风车);令人欣慰的是,一代代的诗歌写作者前仆后继,孜孜不倦,既为陕西诗歌做着书写,也为他们的人生做着书写。我们期望,此次编选作为一个回顾、总结、反思和展望的契机,能够为推动陕西

---

① 钱锺书:《香港版〈宋诗选注〉前言》,见钱锺书《宋诗选注》,生活·读书·新知三联书店2002年版,第478页。

诗歌的发展尽一点微薄之力，为诗歌，也为陕西这方土地，找回一份失落已久的优雅与自若。

中华自古有诗国之称，世界上找不出第二个国家，其诗与生活与人生的关系像我们中国人这么密切。可以说，诗的存在已成为辨识中华文明和中国文化价值属性与意义特征的重要"指纹"。为陕西以及我们所有中国人常常引以为荣而津津乐道的所谓"大唐精神"，所谓"汉唐气象"，说到底，无非诗性生命意识的高扬与主导——没有诗为其精神，为其风骨，没有诗性生命意识的高扬为其底蕴，为其主导，无论是昔日的"长安"还是今日的"唐都"（西安），都只是一具没有灵魂的空城而已。

正因此我们说，中华文化传统的灵魂是诗，"汉唐气象"的灵魂更是诗。尽管现代以来，尤其是最近几十年，因为文化语境和精神氛围的剧烈变化，这样的灵魂之存在，已不再为国人所重视和呵护。也正缘于此，诗才成为一切真正为历史，也为现实负责任的文化人与文学人重新出发而再造国魂之处——作为坚持在这个曾经辉煌的诗歌帝都从事纯正诗歌写作和诗歌活动的"诗城守望者"们，将以此诗选的出版为动力，为再造"诗意长安"和诗国辉煌而恪尽绵薄之力。我们坚信，"天不丧斯文"；坚信诗歌之作为历史的"指纹"和精神沙漠的植被，定当尊严地存在下去。

二 透过汉语的优柔与沉静

——评《天生丽质》兼及汉诗的一种可能性

第一部白话新诗《尝试集》的作者胡适,在继晚清黄遵宪"我手写我口"的主张后,提出"作诗如作文"的口号。从其发轫至今将满百年,回顾百年新诗的创作历程,再来反观后人对这两个口号的理解和接受,在承认它的积极意义的同时,恐怕也难以否认其下所隐藏的某种进化论思维。而这正与曾经风靡一时的未来派的创作观相暗合,至今产生着影响。

不可否认,从普遍的意义上说,每个时代都有其生活,因而有其诗歌,在此基础上产生的优秀作品不计其数;但同样不可否认的是,时代也有时代的局限和负面因素,流弊所至,就包括如今大行其道、泛滥不已的"口水诗"。由此思之,诗歌不必尽跟随日常的生活,更不必一定要以在诗中出现所谓的现代甚至后现代之人事,才算体现了现代生活,具有现代意识。的确,现代意识不必尽由现代生活,尤其是流水账般的生活堆积来体现,否则,诗歌岂不成了生活的傀儡,一如柏拉图所批评的模仿的模仿?就此而言,重新思考并寻找真正的"诗质",即真正属于诗的元素和因子,也就显得必要。正是在这个意义上,沈奇新近的一组实验新作《天生丽质》,带给我们一些可能的启示。

一

细读《天生丽质》，首先被吸引的是诗中文字的典雅。如"坐看云起／心烟比月齐"（《种月》）[1]中的"齐"字，"听秋水渐远渐冷"（《松月》，第65页）中的"听"与"冷"字，"卸妆后的那一指／薄寒……"（《胭脂》，第13页）中的"那一指"以及"薄寒"，都充满了汉语独有的雅意，而这在今天的新诗里，已几近绝迹。倒是在新诗发端之初的那批诗作中，由于白话文自身的不成熟，也由于诗人们受古典的影响深厚，那份不独出现在个别的字词上，而是出现在整个的叙述和语调中的雅意和韵味还是很常见的，只可惜这些都仿佛成为陈迹了。

此外，特别引人注目的是，《天生丽质》中所体现出来的汉语的"优柔"：汉语的雍容、华贵和优雅，以及语言本身的柔韧。诗人通过谐音所带来的多义，将这份柔韧淋漓尽致地体现了出来。

比如《胭脂》的首句——"焉知不是一种雪意"，仅从诗的表层含义上即可看出，诗句在以"焉知不是"达成一种经由否定之否定的肯定，而由于"焉知"与"胭脂"谐音，在深层的暗示义上，又未尝不能看作"胭脂"（而非"焉知"）"不是一种雪意"，将之前由"焉知"所引起的问句，一转而变成叙述："胭脂"不是"雪意"，在雪的纯洁、素白之上，还有独属于女性的那淡香，乃至暗香……不

---

[1] 沈奇：《天生丽质》，文化艺术出版社2012年版，第79页。本文下引该书内容，只随文注页码。

过，诗中所写并非"雪"，而是"雪意"，是同样淡而幽微、芳远的情态、氛围或气息……于是，"胭脂"与"雪意"之间的同质和看似异质（雪）而终归趋同（雪意）、对照与接应，无疑丰厚了诗意的传达。这种由字的谐音而产生的含义的微妙变化，作者在《松月》一诗中，已清楚地昭示给我们，诗人说："你是说'约会'的'月'吧。"而雪意又与下文"卸妆后的那一指／薄寒……"相应。在此，汉语的优柔、顽韧和劲道得到了充分的体现，通过正—反而又合的意义之流，通向无穷的意味之海。

不妨看《孤云》中"语"和"雨"的谐音——"孤云不语／也无雨"。"无雨"的客观状态可更之以"无语"的主观情态。而接下来的"语在心里／雨在山溪"，同样可以在阅读中由读者自行更之为"'雨'在心里／'语'在山溪"。内在的情态（"心里"）随之改变了，外在的状态也获得了另一种新的言说（山溪由于流淌而恍若在言语），且合情合理。结果，整首诗的意蕴都随之变化和扩展。接下来的"其实孤云不孤／孤独的只是那片／／再无其他云彩的／……天空"（第89页），就不再是字的更张，而是词语在诗句中所造成的悖论。

情形类似却更意味深长的例子还有《含羞》。《含羞》起句便是："无羞可含的季节／多少生命　张扬成／一片废墟"（第123页）。题目是"含羞"，首句却是"无羞可含"，正与题目相悖。然而，正因为"无羞可含的季节"，生命被张扬成"一片废墟"，所以又有"羞"可"含"。而此处的"含羞"就与"含羞草"没有多少关系了，而与"饮恨"相近。

更进一步讲则是由带有特殊文化意味的词语而生的诗意，如《依草》：

> 好在那个"依"字
> 静静地好
>
> 花枝招展后
> 有未落的骄傲
> 和残余的矜持
> 在向晚的记忆里
> 对夕阳说——
>
> "依草"不是"落草"(第21页)

一朵花经过盛开而凋落了,却不是带着失败和自卑的挫折,而是带着"未落的骄傲/和残余的矜持",她对夕阳说,她的凋落是"依草",掉落在身下的草上,依着草,而不是"落草为寇"的"落草"——如果是后者,就没了骄傲和矜持可言。在"落"和"依"之间,是有着天壤之别的。也正因此,"依草"是"静静地好"。

类似的还有《小满》:

> 夏风醉了
> 梦　也在灌浆
>
> 小姑待嫁
> 收不拢的小心思
> 熟一半
> 生一半

燕子飞过
眼里起云烟

人世的安排
原只是 这
小小的一个满 （第9页）

在作为节气的"小满"（孕育着热烈的季节，是为整个茂盛的夏天蓄势的一个节气）和待嫁的小姑（"收不拢的小心思"）之间构建起一种相互的比照、发明，甚至象征。

如果说在《小满》中我们尚可想象那"小姑"也许真的叫"小满"，那么如《提香》《怀素》和《太虚》等诗就不容我们忽视字（词）与人名之间的直接关系了。比如《提香》："香 怎么提？／一种悦意／／——心到哪／悦意到哪／／提香的那只手／如云的无法"。若是只看"提香"这两个字，那么，的确"香"——一种无形的东西，是难以"提"的，它是"一种悦意／／——心到哪／悦意到哪"，所以说，"提香的那只手／如云的无法"（第35页）。但是，如果想到意大利画家提香这个人，那么，整首诗就要重新阅读、理解和看待了。如此一来，一首诗就像是一体却又可以剥开的两样东西，而这看似两样的东西和双重的内容却又是同一个。诗本身所蕴含的诗意当然也就包含这二而一、一而二的感觉和意味了。

通过字、词，进而在诗的题目与诗本身的内容之间建立起这种有机关系，看似游戏的方式，却并非单纯的文字游戏，而是有着深深的意味感。由这意味感所强化的诗意也构成了诗歌本身的魅力。

这也解释了，为什么阅读这组作品，我们时时会感到汉语的魅力和张力。这些都不是空穴来风，而是诗人非常有意识地寻求和探索的，如他所说，是为"反顾汉语字词思维的一次诗歌文本实验"。以此文本，沈奇所努力要做的，是"通过这样一种内化现代、外师古典、融会中西的诗歌语言实验，来重新认领汉语诗性的'指纹'和现代诗性生命意识的别样轨迹，进而开启生存体验、历史经验及文化记忆的深层链接"（序言，第9页）。显然，诗人在这组实验新作的创作中是有很大抱负的，虽然是相对于当下主流诗歌之语言形式走向而言的，这样的实验不可避免地要承担很大的风险。

二

阅读《天生丽质》，除语言的别致与新鲜感外，就是满纸的馨香和悠远的古意了。这古意体现在从题目到诗句的典雅和字句间所透露出来的一种悠远、沉静的情感基调上。而这基调首先呈现的是诗作者与当下时风相左，同时也愈显珍贵的心境与情怀。诗人在传统的文化情调中找到了他的寄托，甚至依归，因此一种久违的古阔和安谧的意境，便由诗人的笔端，由这些写于当代，却与传统有着明显亲缘关系的诗中袅袅升起。

这种意境首先要归功于一些具体的言词，不仅如诗人所要求的，每首诗的题目是"诗的"，而且许多传达和表现也是"诗的"，这一点，从不少诗作的结尾就可见一斑："身后的长亭／尚留一缕茶烟／／微温"（《茶渡》，第5页）。"手垂下——／／空出的位置／灰烬依旧"（《琥珀》，第15页）。"听秋水渐远渐冷……"（《松月》，第65页）。

类似的例子不胜枚举。而诗中不时出现的格言式的诗句，如"……相信了一切／也便遭遇了一切／天生自由　而／永不设防的灵魂啊／收获的只是／破碎的高贵"（《别梦》，第91页），以及各种古意浓厚的工对，都体现着一种典雅的美。当然，这种形式在当下的新诗写作中不免"寡合"而风险有加。

其次，诗中充满古意的情调与意境，也体现在对古典诗词的化用和诗作本身所散发出来的特有的中国味上。在《天生丽质》组诗中，诗人有意与现实生活，尤其是日常叙事拉开了距离，独抒一种幽情。这当然不是简单的回归，而是词语之间的亲近，让词语重新回到它的谱系和家族亲缘中。随之而来的是文字甚至文化意义上的丰饶与富裕。对个别词语的化用和诗句的文白夹杂自不必说，仅诗中对古诗词的化用，就俯拾皆是。比如："野渡／无人／舟　自横／／……那人兀自涉水而去"（《茶渡》，第5页）。"坐看云起／心烟比月齐"（《种月》，第79页）。"高处不胜寒／／是身寒／还是心寒？"（《微妙》，第75页）。"云柔山欲活／／风动／那约了黄昏的佳人／才心动"（《岚意》，第19页）。

其中有的是语言上比较直接的化用，在化用的基础上，又有对原来诗意的伸展或提升（《茶渡》《种月》），有的则负载了其他的意义（《微妙》），更有甚者，是对多个诗句和古典诗语的叠加和套用（《岚意》）。

奇妙的是，如许古诗句的切入，包括多重的叠加套用，并没有使诗歌本身离心，而被借用的诗句或意思所牵引，相反，仿佛在新的诗行中完全被驯服，顺从新的诗思走向和意涵而另得生机与别趣。而读者在读这些诗句时，由于彼此所具有的熟悉，不仅没有被其原有的"经典意思"拐走，还在阅读的完整中多了一份会意，因为它牵动着我们独特的文化记忆。与此同时，一方面突破了现代的时间观和现实处境，使得读者跟随文字进入了诗歌所开辟的境界；另一方面，创造性的化用甚至解构并激活了传统，借着传统的力道开发出了新的境界，充满了现代意识和当下感。如《怀素》和《烟鹂》，则是借用古人或者古诗句开拓了现实的新境地，而《开悟》《灭度》等则是借佛教的术语为题，在诗思的展开中暗含着后现代式的反讽。尤其是《开悟》一诗，让人读来别有一番感慨。

还有一些值得注意的是，以当下的状况对古意进行的重构和改写，这就不仅是创造性地化用，而且是以两相对照的方式，以互文性达至一种间离、反讽等审美效果。而诗中所观照的不只令人"尴尬"，更令人深感失落和担忧："人间四月芳菲尽 //……最初的台词 / 风格渐失 / 你只剩下演出的习惯"（《桃夭》，第99页）。"薄暮月初升 / 能饮一杯否 // 尴尬在于—— / 无论人事还是季节 / 都不会因你 / 心情的变化　而 / 改变它们的流程"（《杯影》，第87页）。"南朝四百八十寺 / 多少楼台烟雨 // 楼台早没有了 / 鹂　便不知去了哪里"（《烟鹂》，第127页）。

也就是说，诗人虽然化用古典，却没有拘囿于古典，更没有失落在一种陈旧的情绪和诗意中。诗人虽然有意与当下的主流诗歌样式拉开距离，却并非全然地抛开了现实的生活，而是以别一种方式、别一种深度来观照和反思现实。虽然从总体上看，作品是在呈现与我们越来越远的中国意味——虽然我们身在中国，也说着汉语。而在这份追求的背后，则是一种打通古今的理念，即所谓"古典理想之现代重构"。具体在诗歌文本上，则是"内化现代、外师古典、融会中西的诗歌语言实验"（序言，第14页）。因此，这组诗歌就需要整体地看待，从"天生丽质"这个总题目就很好地表明了诗人的态度：体现的是天生丽质的汉语本身的可能性,她的诗性,她的高贵、雍容、华美的大气度。

总体来看,如果说在这组诗中,由那些充满古意的静谧的诗句,我们得以一窥诗人的心之所慕、胸怀之所倾,进而内心的图景甚至愿景,那么,由这些体现着现代反讽意味的诗,我们所领略的是诗人真切的现实关怀和忧虑。正因此我们不禁要问:身处当代,诗人压在纸背的心情又是如何?

三

的确,正如《烟鹂》一诗所感,现代既让人失忆,也让人失意。在现代生活里我们如果不是处在一种自我麻醉和欺骗中,那么,痛苦恐怕是在所难免的了。身处现代(以及"后现代"),每个关心时代命运的诗人恐怕都会沾染上现代性所带来的失落和彷徨。而这种失落和彷徨首先在于"看穿"——看穿某一类生活样态的无意义。正如《浮梦》里所写,或者说所揭露的:"接近于透明的 / 水膜 / 一碰就破 // 鱼,从荆棘中游过 / 吐一串梦的泡泡 / 说:也算一种活"(第69页)。虽然这种揭露本身并不新鲜,但此处强调的重点却并不在于此,而在于它本身的真实和切身性——细读《听云》一诗,这或许正是我们每天都有可能的遭际:

粲然一笑
你同自己握别后
便去了一个

不确定的远方

坐下
听云

千里之外
有人因失恋而自残

江月年年照何人？

茉莉花
茉莉花
一段乐曲刚刚结束（第67页）

虽然该诗是以一种后现代式的互讽呈现这种状况的，但就诗的意义和旨归而言，却仍然是沉重的，不可回避的。诗人看似以一个旁观者的身份"遭遇"着，但从根本上说是无所差别的，这是人的遭际，也就是"我"的遭际，是人的命运，也就是"我"的命运，"我"无论如何都无从回避。也因此，它必然转化为诗人更深层的忧虑和思考。——这种"遭际"，当然包括对当下诗歌走向的反思和选择。

在某种意义上可以说，粗糙，更不用说粗暴的语言与粗糙、粗暴甚至残暴的心灵是相互助长的。正如有什么样的生活和内心就会有什么样的语言，反过来也一样，有什么样的语言也就会有什么样的生活与心灵。当代国人心灵的浮躁、粗鄙、浅薄及矮化、同质化，与当代文学（尤其是诗歌和小说）不无关系，当代文学也有其推卸不掉的责任。

诚然，在现代汉语语境中，反顾"汉语字词思维"，以及"重新认领汉语诗性的'指纹'及现代诗性生命意识的别样轨迹"，并不能保证汉语诗歌具体写作的诗性与诗意，更不用说成功了，但是，将这一理念置于当下新诗创作现状中去看，确乎显得弥足珍贵；回看新诗百年的发展轨迹，也更多的是"横的移植"，而非"纵的汲取"。而新诗毕竟是汉语新诗，汉语从字词到篇章，再到汉语思维，都体现出甚至在某种意义上决定了汉诗的某种根性，我们不可不熟悉，不可不念念于此。以久远的传统来滋养心灵、涵养精神，学会从汉语的血脉和族谱中体认、消化与再造，既是对"五四"新文化与新文学的重新认领，也是对每一个以汉语写作的人而言绝非多余的要求。

行文最后，不禁又想起，在这组总体归于静穆却深藏忧虑的作品中，还另有几首特别显出清新与明丽的诗作，如《青衫》《小满》《秋意》等。其字里行间都是难得的天真、单纯和洁净，舒缓的文字飘飘洒洒却又淋漓尽致地体现了那种悠悠之情。而这也就是以纯净的心境和纯净的汉语所能写就的出色的诗行吧。

三 北方的书写与气象
——试论阎安的诗歌创作

一

在 21 世纪以来的汉语诗歌版图中，阎安的存在是一个异数。之所以这么说，是因为两个参照。一是他与当今甚嚣尘上的以先锋和现代自许的"日常写作"始终保持着距离，对"日常写作"所引起的潮流乃至泛滥始终保持着旁观的警觉。二是他与常见的抒情性创作有着质的差别，虽然阎安诗歌的抒情特征同样明显，甚至更为突出。而最重要的是，阎安的诗歌创作本身所具有的清晰的个人面貌和独异的特征。

若进一步问：与上述两种无论从观念还是从创作数量上看，都在当今诗坛占主流和优势的写作取向相比，阎安的诗歌创作到底有何不同？可能的回答是：他的写作比自以为现代（乃至后现代）的"日常写作"更彻底、深湛和复杂，又比通常的抒情写作更辽阔、深沉，具有新意。

从诗的语言上看，阎安的诗远不像"日常写作"那样的短平快，

以致平白、寡淡和口水化,他的诗歌语言有一种悠远、深湛的美。比如这首《怎样变成一个城里人》:

有很多次
你必须像贼一样　早出晚归
在深夜潜回故乡
把自闭症和井水一同取出
把旧衣服　只有方言才能叫出名字的祖传器具
和随身带回故乡的一把老虎钳子
一同塞入帆布背包
一个人扛着

如果赶在黎明前的黑暗中
你尚不能侥幸逃脱
为了应付那些居住在村里的陌生人
(他们都认识父亲)
你必须把体貌特征　行踪
老鼠一样鬼鬼祟祟的神情
在黑暗中
在松针和一棵去年就已开始枯死的
老树的树叶　落地的声息中
像拖着腐败动物的尸体
伺机向外转移

搬掉一口枯井是可能的

但井水　会不会像鬼魂一样
仍然在更深处潜伏着　等着在多年以后的
一个梦里　把你继续往下推

作为一个城里人　你的抱负过于沉重
进城之前　你必须在高速公路服务站
停留很久仔细地擦脸　照镜子
然后拖着重重的包袱　像拖着珍稀动物的尸体
一大早就溜回城里①

　　同样是写日常经验——至少是从日常经验写起，可笔调和写法都截然不同。将一首在"日常写作"方式下可能会处理得非常具体、平白的诗，写得虚实相宜，曲折有致，斑驳陆离，摇曳多姿。阎安之所以能如此，是因为他不是单纯地写某一个（或一次）"事象"，而是在将相似性的具体经验，历经"很多次"的感知与反思之后，进行叠影、复合，进而变形、重塑，最终创化为一种"幻景"式的亦真亦"假"，似实又"梦"的幽微的综合体。正如他在诗中所说："在所有事物的后背　幽微曲折之处/像烧得通红的地幔主宰着行星的命运/我必须去寻找一种颜色/一种与地幔同样致命的红　我必须/长久地迷失在红色之中"（《在所有事物的后背》，第112页）。

　　的确，如他所述，他迷恋这"红色"（太阳的红，让人想起古希腊的一种言说：直视太阳——真理的象征会导致目盲），甚至宁愿

---

① 阎安：《整理石头》，太白文艺出版社2012年版，第88—89页。本文下引该书内容，只随文注页码。

"在这红色中幸福地死去",仿佛一个执着的追梦者的宣言。不仅如此,阎安特有的言说方式,也加强了叙述本身的丰富性。正是它们的合力,带给人一种更为新鲜和多彩的感觉。

从诗的立意上看,阎安也表现得更为彻底。他的诗当然不像"日常写作"所自诩的那样,什么都能写,都能入诗,更不像后者那样高产,但是却有一种以一当十、以少胜多的力道与分量。比如,仅从题目看就极为"扎眼"的《地道战》,一口气读下来,才不得不信服诗人拥有着令人惊诧的勇气和创造力。

毫无疑问,这是一首既自我挑战,也向强大的意识形态和集体记忆挑战的诗。诗人在这个人们耳熟能详的旧题下,写出了全然出人意料的新意。他以更为幽微和刻骨的当代经验,通过更为个人化的想象,寓言化地,甚至有些荒诞化地对"地道战"这个词语进行了戏仿性地改写,以现代经验解构了原有的意识形态和集体无意识,在此基础上重新创构和书写。诗人周公度说,阎安的诗创造了一个传统。在我看来,这诗性的创造应当也包含着类似的"破坏",也即他对创造之"地基"的深度开掘与勘察。

正因此,在《地道战》这个乍看甚至令人有些怀疑的题目下,铺展开的却是全新的创造和诗意。其叙述、格调与经验一再让人想起卡夫卡的《地洞》,尤其是——

> 比如只有我一个人　才谙熟通向那条地道的路
> 那些盯梢的人　关键的时候被我一一甩掉
> 他们会突然停下来　在十字路口
> 像盲人一样　左顾右盼
> 不知所措 (第48页)

很明显，这样的叙述是来自卡夫卡的。而这是诗化了，也浓缩化了的卡夫卡。当然，不同于卡夫卡式的"消极"，在同样卑微甚至神经质的警觉和先知式的敏感（它们互为表里）中，"地道战"的"战"字，向世人揭示出在现代经验下更为隐蔽，也更为持久的"战斗"，与"无物之阵"的对手，与"世界全部的对立面"进行的"战斗"。不仅"战斗"，还要在与对手之战中营造自己的"家"，"生儿育女""安顿"（另一首类似主题的诗的名称）自己的生活——这是比之前的"战斗"更艰难，也更持久的"战"（斗/役）。如此基调，未尝不是对那已然板结为意识形态的，洋溢着革命乐观主义甚至亢奋情绪的"地道战"的反讽。

阎安就是这样。"老老实实地带好扫帚……/在生活的纵深地带 一步步前往更深的地方/经历那些仿佛梦中所见 近乎崩溃的生活和身体"（《清扫梦魇与生活的方法》，第230页）。如此"老实"，不仅出自态度的诚实，而且出自理念的自觉。正如他所说："我不会只对人类写出诗句，我的诗句的毛孔是向整个世界和全部存在敞开的，那是一种极其微妙的展开、对接、提炼、综合，它既与源头息息相关，又能涉及并抵达现代物质世界的任何一种形态、任何一种终端。"（《整理石头》封底）如此坚定、深刻而彻底的意念和艺术腕力，自然远非"日常写作"者所能比。

阎安将其诗称为"现代性诗"，并明确指出："现代性诗必然要协调和清理所有的物质，并赋予自己的存在以必然性，唯其如此，人才不至于在终极意义上被物质所颠覆，在物质面前确保自己的独立尊严，确保人对物质的胜利。"（同上）或许正是这种自觉，使他拒斥了单一地盯着具体而微的日常的写作。

二

与拥有强大生命力和阵势但备受批评的"日常写作"相比,当代诗歌的抒情性写作要式微得多,却同样饱受责难。这是因为当代诗歌的抒情性写作,一方面由于其与"日常写作"无法比拟的直接性和现实锋芒,而被指责为情绪陈旧、脱离甚至逃避生活;另一方面,由于其"温情"而容易成为充满矛盾和痛感之生存的"抚慰"剂,更因其有意无意地回避"尖锐",以及容易被意识形态所征用(或主动与其合谋)而遭受非议。尽管如此,抒情性却始终是诗歌无从取消的一个属性。

人是有情感的,诗的书写又如何能够回避情感?这样就产生了一个迫切而实际的问题:在当今这个时代,怎样抒情才是恰当的、诗意的,具有创造性的?显见的事实是,抒情方式有很多种,而对某种情感的发掘程度又各不相同。如此一来,"抒情诗"实际上形态各异,它体现在诗学上的价值和意义也各有差别。

作为诗人,阎安本质上更倾向于一个抒情诗人。他的抒情意味浓厚的诗(如上所述,他将其诗总称为"现代性诗")数量多、题目大,乍看之下,甚至有些"吓人":《秦岭颂辞》《华山论石》《我一直崇拜的山》……当然,和《地道战》一样,也让人满怀好奇的期待,在诸如"秦岭颂辞"这样的"大帽子"下,诗人如何落笔。而结果,也总会令人惊讶:

> 树和草随随便便生长着的山
> 质朴的山　被风吹落

巨石以狂鸟之势　　栖息于

河边　悬崖　草莽　沉默的夜色深处

或者人迹罕至处

浓雾中时隐时现的山啊

每天都在不经意间变化的

质朴的山　断崖　落石　飞鸟

像秘密一样守护着的山

探险队和隐匿者忙忙碌碌

不知所终的山　在一次远郊的散步中

随意一瞥

就能激起

无名惆怅的山

让时间　历史和时代

就像山上飘过的一块云彩

孰轻孰重　无法掂量

——《秦岭颂辞》(第171页)

虽然"帽子"还是不免有些大，整首诗却写得相当稳健和安妥，七个关于山的长短不一的排比句，正仿佛层叠起伏的山峦，气势汹涌地扑面而来。从句式到义涵，都紧锣密鼓，步步为营，层层推进，浩荡澎湃，没有一句大话、空话、套话。需要指出的是，对于类似题材不失水准的创作并非孤例，《华山论石》就写得与之旗鼓相当，如果不算更好的话。

客观地说,"颂辞"类的题材不易写,更不易写好。在类似的题目面前,诗作者是最容易露怯和露拙的。很多写作者或者出于不屑,或者担心落入窠臼,对这样的"旧题",大都会采取回避态度。作为一个枢机独出的诗人,阎安接住了前辈,或者说历史文化传统,更或者说是他自己扔出的"手套"。我更愿意相信,这不是接受挑战的结果,而是他丰富、深湛和广阔的内心情绪的真实流露,是他发乎本心的忠诚和主动的结果。作为一个生在北方、长在北方的写作者,北方特有的情志滋养和影响了他。而他对北方也确乎怀着深沉而厚重的情感。从他对秦岭、华山,对北方的山川,对关中平原,对北地的沙漠和故乡,乃至对大地本身怀着深沉的爱与赞赏的抒写(如《疆域》),都能看出他深挚的情感和个人风格的深沉与独特。

在这类带着古典意味的抒情性的诗作中,《北方的书写者》不是最出色的,却是最能体现诗人作为一个真诚的"北方的书写者"——那"不计较死也不计较生的/仿佛坠落一般奋不顾身的飞翔"——的用心与尽力:

> 我要用写下《山海经》的方式
> 写到一座山　仿佛向着深渊的坠落
> 山上的一座塔　落过很多鸟的尖尖的塔顶
> 它的原始的鸽灰色　我写下比冬天
> 更严峻的静默和消沉　写下塔尖上
> 孤独的传教士和受他指派的人
> 每五年都要清理一次的
> 鸟粪　灰尘和星星的碎屑

> 我甚至要写下整个北方
> 在四周的山坡被削平之后
> 在高楼和巨大的烟囱比山更加壮观之后
> 在一条河流　三条河流　九条河流
> 像下水道一样被安顿在城市深处以后
>
> 我要写下整个北方仿佛向着深渊里的坠落
> 以及用它广阔而略含慵倦的翅膀和爱
> 紧紧捆绑着坠落而不计较死也不计较生的
> 仿佛坠落一般奋不顾身的飞翔（第3页）

从这些诗行里我们看到，阎安绝非那种对抒情诗没有自觉的作者。他的抒情不是那种陈旧的、没有节制的、浮在事物表面的"虚假"抒情，更不是为了迎合读者，或迎合某种意识形态观念。这是一个诗人对胸中那强烈、深沉乃至激切的感情的满怀快意的抒写。他所说的是一个写作者在明确和自觉的写作行为中，自然而然地说出的。这些诗之言说，首先是作为纯正的诗而成立，其次才作为出色的抒情诗而可能的。

在另一些关于故乡的诗中，诗人同样没有将其情感简单化、普泛化。他没有进行廉价的抒情，而是潜入生命的深处，将至深的情感与真切的生活经验化作凌厉的笔锋，写出了生存的艰难、尖锐和创痛。

他将大地上无从回避的生与死写得如此森然、凄绝而又美艳，似乎以诗来书写的一个关于生死的高绝的辩证法：

一切埋在地底的东西

都和根系连在一起　那里

死亡大手大脚地　加入另外的生命

然后只剩下白骨　像灵魂在更深处完成了脱胎换骨

出落得干净　美丽　神采奕奕

　　——《向上的和向下的》(第67页)

他写"父亲"："他的白发/以及他的黑皮中的白骨/……闪着无处安放的白花花的寒光"(《和镜子睡在一起》，第26页)。

他写"黑狗一样蹲着号哭的二爷"失事的儿子："三年前的一天夜里坠崖而亡/变成了一堆碎铁中的一堆碎肉"(《回乡记》，第38页)。

他写"老得失去知觉的牧者"：

被太阳榨干的一身老肉皮

再也榨不出一滴油水

一副衣架似的老骨头

已无法堂皇地撑起

那一堆破布片般向下披挂的皮囊

他还没有告诉我什么　就开始出声咳嗽

但那声音钻入已经萎缩到最小的肺里

用刀子掏也掏不出来了

迎风而立的老人　后来只咳出一滴细微的泪水

一滴让眼角屎都无法湿润的泪水

　　——《毛乌素，偶遇老得失去知觉的牧者》(第23—24页)

这些诗句无不以雕刻式的笔法，剔骨般无所保留地写出世间的创痛，读来令人扼腕。它们说出的是生活所本具的，几乎带着图腾意味的原始的粗粝与创痛。如果问，怎样的书写才不辱没生活，才使文字在表达苦难时不失重？我想，就是这样的书写。

从以上诗行里，我们甚至不难感到诗人的身心被旱烟袋般浓烈呛人的味道侵袭之后的失语，感到他无所措辞之下的笔不择言。在此情境下，他选择（实际上是无从选择的）了本能而本色的叙述，使其诗作带上了强烈的元修辞色彩。

或许是由于诗人无从更改的出身，无从割舍也无法摆脱的情感（甚至情结），才成就了他的谦卑，他的原始而浓烈的认知，他的不凡的气度和手笔。正如他所说：

> 我的故乡在北方　北方
> 我的童话的房屋就建在口渴的沙漠上
> ……我的故乡在北方
> 在北风横扫沙丘的刀尖尖上
> 在童话的装满隐痛的心尖尖上
> 我的故乡在北方　我要把我的童话
> 不断地讲给北方听
> 我要我的北方在我的童话里慢慢长大
> ——《北方　北方》（第224—225页）

从这样一种源自生命根底的情感，滋养出一个感恩式的深宏誓愿，进而落实于本真、大气、独特的诗行里，在当代汉语诗歌中是稀有的,也是宝贵的。作为一个诗人,一个有着古典情怀和素朴的道义立场的诗人,阎安的抒情诗与我们通常所见到的那种抒情诗由此而呈示出质的差别。他之于当代汉语诗歌的价值与意义,也正在于此。

三

作为一个心性内敛、笔触醇厚,不断走向成熟的诗人,阎安有着属于他的独特风格和音色。比如他特有的表达方式:雄浑的长句,幽冥的想象,独语式的言说,等等。

阅读阎安的诗是不容易的——虽然从根本上说,任何真正的阅读都是不易的。这里所说的"真正的阅读",是指深入下去、参与其中,如同跳进一条河里,感知河流和你自身的一切(凉或冷,甚至刺骨,激切或者舒缓,脚下的平滑、胸口的憋闷、呼吸的紧张……),而不是只在岸边湿湿脚。在某种意义上,对阎安诗歌的阅读,最能说明何谓"接受"和"主动的阅读"。

阎安诗歌的言说方式使他的叙述像一条看似宁静实则汹涌的河,要求也邀请读者"跳"下去,首先用呼吸和肺活量,进而用整个身心更充分地感受。

> 一只白天鹅
> (*也许仅仅是一个类似的白乎乎的事物*)[①]
> 和它的不太真实的白

---

① 楷体字为原诗所有。——引者

在秋天的天池里

在比新疆还远的地方

和镜子睡在一起

一块有弯度的巨石和它的黑青苔

和一大堆白花花的鸟粪

在大河上空的危崖上

在古代的风中　在一只试图确定

飞翔姿态的鸟的翅翼下

和时间睡在一起

——《和镜子睡在一起》（第25页）

上述两节共12行，其实不过是两个长句："一只白天鹅/和它的……白/……和镜子睡在一起"，"一块……巨石和它的黑青苔/和……鸟粪/……和时间睡在一起"。如果说这个长句的主干部分是在陈述一个事实（且不论这个事实有多么奇异和令人费解，也不论这"白"与"黑"之间有多么强烈的色彩和意义上的张力）或者事态，仿佛作画时，在着色之前对所画的形象进行的勾勒；那么，主干之间的修饰部分（"在……里/地方/上/中/下"）就像是在勾勒的形象中为其具象和细节所涂画的一笔笔油彩，使叙述本身富有层次，又不失其浑然和整体感。这种看起来更像是欧化句式的修饰与补充，不仅强化了叙述，也开拓了叙述的可能性，通过不断强化明确了所叙述者。如此叙述，也使叙述更具画面感，只是并非西方透视法下的画面，而是中国移步换景的透视，或者，更是中国传统中关于传说或宗教故事的变体叙事画。它不仅体现了作者细密的诗思，也使诗歌在浓墨重彩的铺陈之后纵笔一收,更显雄浑有力。

类似笔法在阎安的诗中俯拾皆是。《疆域》一诗共八节 36 行,其实只有三句话:第一,"从贺兰山到秦岭……/从巨石到巨石/越过……河流/越过沙漠 草甸 丛林/飞鸟的高度鹰的高度和鱼的深度/土拨鼠和蚯蚓的深度/是我的疆域//是马的疆域//是祖先和他们的尸骨……安息的疆域/是传说和神话……生生不息的疆域";第二,"我知道……这大地 这疆域/……的自尊是……/我知道……的速度……"第三,"我是今天……追究秘密的人"。

总共 23 行的《传说中的秦岭红》更是只有一句话:"那是……一种……的红"。前文所提及的有着关于"山"的七个排比的《秦岭颂辞》也只是一句话:"……的山//让时间 历史和时代……无法掂量"。

此外,在《独流河》《关中平原》《陌生人以陌生的方式来访》《属于你的雪会慢慢落下来》《春天或蓝》……诗中,这种气息悠长的长句,也多有体现。

不过,上述"归纳"对于诗歌这种细密的文本而言,还是显得过于粗疏了,不仅失落了细节的精彩,也使具体诗行所带给人的感受变得抽象。为了说明这一点,不妨来看一个具体的例子:

　　关中平原　长得像女人的子宫
　　一种神秘的盆地
　　如今你只是一个被反复翻动的盆底
　　没人用身体丈量的盆地
　　被麦子的金黄　雾霾　雪的颗粒
　　暗藏的河流和一座座自世界各处偷来的城堡

反复埋掉又反复掀开的

盆地

——《关中平原》（第56页）

还有什么比诗行本身的叙述、气势和语感更能打动我们的？又有什么能够弥补"概括"过程中所失去的诗的细节的？

再如前引的《北方的书写者》，全诗共3节17行，总体来看，其实也不过是在说一句话："我要……写到一座山……写下整个北方"，其补语则是"以……的方式""在……之后"。如果只有作为整体结构的"我要……写下整个北方"，那么它就是一首了无新意甚至诗意陈旧的抒情诗。然而，在直抒胸臆的主句之后，其作为"补语"而出现的诗行不断地出人意表。如果说，诗歌的"主句"所表露的是诗人抒情的对象，那么，这些"补语"才是抒情本身之所在。这个抒情本身的奇特乃至于奇异，既是这首诗的精彩之所在，也是它区别于旧抒情诗的根本之所在。它的诗思之奇特，想象之超拔，叙述气息之雄浑与奇崛，都使得它的质地是现代的，甚至是超现代的。

当然，《北方的书写者》也体现了阎安诗歌当中令人稍感美中不足的一些因素：由于长句，由于奇特的冥思与叙述，其语意有时会显得模糊不清，甚至有语病的嫌疑，而其结尾的短促也让人感觉有些突然。比如第三节，"我要写下整个北方仿佛向着深渊里的坠落/以及用它广阔而略含慵倦的翅膀和爱/紧紧捆绑着坠落而不计较死也不计较生的/仿佛坠落一般奋不顾身的飞翔"，其中的"它"指什么？北方？深渊？无论哪个，放在"用它广阔而略含慵倦的翅膀和爱"的语境里，似乎都有些不确。此外，最后两行——"不计较死也不计较生的/仿佛坠落一般奋不顾身的飞翔"，仅就诗行本身来说，由于同与异的强烈对照与张力，显得奇崛和精彩，但是从整首诗上看，重心落在了作为"补语"的"坠落"与"飞翔"上，似乎有些不妥。而整首诗就在这样短促的"补充"和修饰中结束了，不仅诗意没有完成和圆满，似乎还有些头重脚轻的嫌疑。在"抖"了如此大的"包袱"之后，读者本来是有所期待的，现在却完全落空了。类似的还有《大地的尽头》等。

四

在一篇随笔中，阎安说，他的写作不回避现实，还说，现实是他的写作得以"进行和展开的全部理由和唯一根据"[①]。他写下这些多少带有些"辩解"意味的话，或是针对一种批评和误解？比如，说他的诗缺乏现实感，没有充分地触及现实，等等。

虽然我们也能够以他笔下的故乡和笔触所及的生存之艰辛与痛楚，加以直接反驳，但是，在这样一些可能的批评与误会中，潜藏着更多的淆乱需要辨明。

首先，读者的观念就有很多含混不清。比如，什么是现实？日常就是现实？对生活的琐碎记录就是现实？事实并非如此。至少，日常不是现实的全部。此外，"写实"也不等于"现实"。"现实"可以是外在的现实表象，更可以是对外在现实的一种观念和态度，是对具体而微的"日常"和对表象之描摹的"写实"的综合、总结乃至超

---

① 阎安：《承担——我的写作和现实世界的关系》，阎安：《玩具城》，太白文艺出版社2008年版，封底。

越。其中，当然也包括从某种观念出发对"日常"和"写实"的偏离和超越（而非回避）。从根本上说，所谓"现实"，只是写作者个人的"心象"。更不用说，对于写作者而言，语言是唯一的现实。如果说一个写作者只对写作本身负责，只对写下的和将写下的文字负责的话，那么，在写作之外就别无现实。

其次，从阎安的诗来看，也的确不像比如"日常写作"那样直接"触及"具体而微的日常现实（实际上是被"稀释"了的物质世界）。阎安诗歌的创作源头和动力更深沉、更曲折，也更广阔。就像深层的地下水，幽微、沉静地流淌在深深的地表下。他不指控，不拘泥于某个具体的"现代化事象"，他所诉说（道白或陈述）的是更高的综合，是更为根本的存在。仔细地阅读他的诗，即便那些偏于写实的诗，实际上也侧重于其个人的独思与冥想，因而写了不少个人的"心象"。这些诗不全是写实——至少不是对外在表象的描摹和铺展，而是着重情感的纵深，内心世界的纵深。

更不用说他的那些带有浓厚个人想象和内心痕迹的诗了，它们是创造性的想象力外化为诗语的结果。《想象一只蜘蛛在村子里的生活》《蜘蛛也在离开你离开的地方》《一块通灵的草地为何死于春天》……仅从诗的题目就可窥见一斑。而在像《异类》这样的诗里——正如他在《地道战》中所写的一样，将乌鸦和狐狸的寓言进行了重写，只是以更显轻巧、更奇幻和更幽冥的方式。

在类似的诗作中，或者充满了幽冥的假想与叙述——

> 北方的一匹狼要出走
> 这是一片树林子的事
> 是让月亮变得凄美的事

> 也是一匹狼心里想了很久的事
>
> 一片树林子　根连着根的树林子
> 在一匹狼出走北方之后
> 变成了一棵又一棵孤零零的树
> 最后又变成了仅有的一棵树
> 　　——《北方的一片树林子》（第214页）

或者充满了想象和独语式的自白——

> 我要从最小的一条河流
> 一条沙漠上的河流写起
>
> 一条沙漠上的河流
> 河边住着蜥蜴　七星瓢虫一家
> 短暂而迷茫的飞　和仿佛不经意的
> 游戏般求偶做爱的生活
> 红色的石头　铁灰色　钢蓝色的石头
> 甚至黑色的石头
> 仿佛沉睡在时间内部
> 仿佛一个孩子玩到半路上的一场游戏
> 一条河流　在一个不修边幅的孩子的梦中
> 在一堆石头五颜六色的梦中
> 大大咧咧地穿境而过
> 　　——《独流河》（第14页）

所有这些都以北方的风那般一刮数里的长句,携着沙尘般让人自叹气短(甚至不惜模糊)的倒装式补充语,以及带有浓厚冥想气质的想象和独语,显示了诗人幽冥的幻想力,也显示了诗人对事物,也对他那如繁密的枝叶迎风而动般敏感的内心世界的唤醒力;同时,更清晰不过地显露了他的气质。

有论者敏锐地注意到了阎安诗歌中的"蓝色"意象。[①] 在阎安的诗中,"蓝"不只意味着"空虚""凶险"和"悲伤",更有一种对深水的眩晕,对高空仰望之后所感到的那种带有终极性质的虚无(《春天或蓝》),那是一种与形而上的"死"所相关的宇宙的孤寞感。

读阎安的诗,不难发现,他诗中的"我"并非日常意义上的"我",作为家庭一员中的"我",不是一个丈夫、一个父亲,而是出离了日常的"我"——正如他的诗歌写作方式有别于"日常写作"的方式一样。虽然在他的笔下,也会出现"父亲""母亲""二爷"等,但是,在那里,"我"之作为"儿子""侄子"出现,更有形而上的意义,而非物理和地域的意义。也就是说,那个要把自己的"童话""不断地讲给北方听","要我的北方在我的童话里慢慢长大"的"我",首先是诗学意义上的"我"。就此而言,无论"父亲"还是"二爷",都更像是"我"与乡村、与北方,进而与大地的一个关联物,一个形而上的乡村的象征,一个冥想者的"故乡"之寄托。这些既强化了"我"的形而上的孤独,又强化了阎安诗中浓厚的冥想特

---

① 宗霆锋:《纸上"玩具城"及其语言建筑师》,阎安:《玩具城》,太白文艺出版社 2008 年版,第 219—223 页。

征,一如他在诗中所说:"他即将降临的地方……是人所不知/比内心更偏僻更荒凉的地方"(《一个会飞的孩子》,第7—8页)。

五

长句,迂回,冥想,带有高度总括性质的书写,这是个人趣味问题,也是一个写作者在清醒思考之后的自觉取向。

当代诗歌的一个误会据说是,现代性的写作是反抒情和反浪漫的。从逻辑上看,反抒情是方式,反浪漫是观念和态度,是导致反抒情的原因。无须讳言,就整体而言,"朦胧诗"有着浪漫与抒情色彩——即使在具体的诗作中程度不同,形态也各有差异。部分地由于这个原因,早在20世纪80年代,汉语诗歌就出现了从诗歌"内部"对"朦胧诗"的反拨与叛离。90年代以降的汉语诗歌写作主流,更是一转而成为零度的、日常的、叙事的天下。进入21世纪,"日常写作"的诗风借由网络盛行至今,几成灾变。其成诗方式大多是在之前"日常叙事"的基础上变为反讽的或戏剧性,更多的则流于模仿、重复和口水化。

如此来看,这种自认为"先锋"和"现代"的反浪漫、反抒情写作,落实在具体的写作样态上,其实是值得细究的。这种有着强烈对立面的写作(其对立面即抒情与浪漫),从根本上来说,是一种有限性写作,是从有限的日常向无限的诗境推进的写作。在这种写作方式中,作为目标的无限实际上被无限后延乃至搁置。因此,从根本上来说,这样的写作是一种永远无法抵达无限的写作,虽然它在有限的范围内可能会精彩到极致。

与此不同的写作样式，也即不因为某种写作的浪漫和抒情化所导致的虚假、空洞等不良倾向而废黜浪漫和抒情本身的写作，其实是保留了无限可能的写作。它指向永恒，指向超越于有限时间的亘古，指向无限。虽然乍看之下，它不够现代，甚至显得"古典"和"传统"，但回想一下"天苍苍，野茫茫，风吹草低见牛羊"中所透露出的那种浑茫、广阔与素朴，我们有理由相信，如此传统，不仅值得继承，甚至是不容弃绝的。

　　在这样的比照下，阎安诗歌的价值和意义就更加凸显。正如他所说："透过许多看起来显得重重叠叠的现代化事象，在它们的背后，不可拒绝的仍然是那无休无止的浩瀚大地和荒凉中无限辽阔的北方自然，它们不依不饶地继续显示着人类之外造化依然如故的博大和依然故我的深不可测。"（《整理石头·自序》，第2页）

　　的确，他是要以充满梦想和使命的态度书写无限的。一如他所说："现代性诗的梦想和使命就是要总括无限世界，就是要提炼和概括充满了稀释、排挤与虚假的庞杂而表象的物质世界，留下那跟虚无同样纯净无瑕的世界及其真实。"（《整理石头》，封底）。也正如我们所看到的，阎安诗歌的珍贵之处在于，他以一颗"古典"而又现代的诗心，写下了指向浑茫和无限的诗篇。有限的生存通过他的诗行而解缚、高飞，在有限的肉身里，那颗无限的心得以舒展、绽露，与天地合一。

　　阎安说，他的诗要从"最小的一条河流"写起，从最深沉、最隐微的情感与想象写起。他的写作本身也正像一条沙漠上的河流，无论隐还是显，涓细还是汹涌，流淌在地表还是潜行于地下，都同样地稀有和珍贵。

　　以上的考察，我们集中于阎安最新的诗歌作品集《整理石头》

（2013）。这是因为他独特的风格、鲜明的特色，突出而沉稳地体现于这部诗集里；那些体现他的创作实绩的诗，也被集中而有机地安放在这部诗集中。虽然其中的一些诗篇，如《黑暗》《边境上的小城堡》《使者的赞美诗》《北方　北方》《山上的石头》《北方的一片树林》《一个石匠》……甚至与这部诗集同名的诗作《整理石头》，都曾出现在他更早的诗集《玩具城》（2008）中，但是，以如此集中、向心和具有"内聚"乃至"爆破"力量的形式出现，使我们耳目一新，留下空前强烈的印象，还是通过《整理石头》这部诗集才得以实现的。

此外，也正是通过这部诗集，阎安那种独特的倾向才空前的鲜明，透彻；他贯穿于整部诗集中的愈来愈明晰的个人风格，愈来愈独特而强烈的言说，那带有浓厚北方气质的辽阔与沉潜和出人意表的想象与冥思，才获得了花束一般集约和齐整的绽放。

上述这些显然经过精心拣选而录入新诗集中的少许诗篇，也体现了阎安诗歌创作上的某种延续性和一贯性。在《玩具城》和《整理石头》之间，也确乎存在着这种一致性：在前者那里，他同样是"梦的孩子"，是"世界的孩子"，居住在他的"玩具城里"（《玩具城》）。在那里，诗的语言更为华丽（那种年轻诗人才有的华丽），"世界"与"神性"还没有落实于北方、大地、沙漠、秦岭的具象与质朴。

从"玩具城里"的孩子、"会飞的孩子"到"铁匠铺的学徒"（《使者的赞美诗》），从在蓝色的大海边"虚掷青春"到"中年回到了北方""住在抬头就可以眺望秦岭的地方"（《中年自画像》），从"密探"和"炼金术士"（《炼金术》）到迷恋"收藏家""木雕师傅"，再到"目睹""整理石头的人""借助磊磊巨石之墙端详自己的影子"(《整理石头》),这是"梦的孩子"从长大到逐渐走向成熟的标志,也是诗人将他自己越来越放到低处的谦卑的体现。

由那个"埋身在石头堆里""背对着众人""让属于石头的整齐而磊落的节奏/高亢而端庄地显现出来/从而抹去它曾被铁杀伤的痕迹"的"专注而满足"的人身上,诗人看到了他的"榜样",他的理想的化身,甚至他自己(现在和未来)的形象:

> 一个乍看上去有点冷漠的人　一个囚徒般
> 把事物弄出不寻常的声响
> 而自己却安于缄默的人
> 一个把一块块石头垒起来
> 垒出交响曲一样宏大节奏的人
> 一个像石头一样具有执着气质
> 和精细纹理的人
> ——《整理石头》(第233页)

在这样的诗行中,诗句本身与一个人的倾向与气度一样,越来越透彻和成熟,石头般质地坚实、沉稳而淳厚。这是一个不甘浑噩平庸的人的愿景,也是一个诗人的愿景。有如此宏大的愿景,能不期待他像沙漠上的河流一样顽强,写出珍稀而高贵的直抵蓝天般"无限"的诗篇?

四 诗意的呈奉者，人世的思索者
—— 论第广龙的诗兼与刘亮程比较

一

读第广龙的诗，常会不自觉地想起作家刘亮程。这是因为他们的作品有不少相似之处。比如某种不太为人所察觉的微妙，比如某些带有冥思甚至幻想性质的跳跃，比如暗藏在叙述之下的幽默，等等。和刘亮程一样，第广龙生活在中国的大西北。他们是临近的，正如甘肃和新疆的临近。

在世纪之交的那几年里，刘亮程的散文在中国大地上着实风靡过一阵。他的成名作《一个人的村庄》，是21世纪散文史上抹不去的一页。比刘亮程（1962年生）小一岁的第广龙（1963年生），虽然至今没有在广大读者中风靡，也没有引起阅读的风潮，但却一直在文学圈内有着他不容忽视的位置。说起来，刘亮程出道还比第广龙晚一些。早在1981年，第广龙18岁时，就在《飞天》杂志上发表了诗歌处女作，10年后的1991年，他又参加了《诗刊》社组织的第九届"青春诗会"。那时，刘亮程很可能还在默默无闻地写他的诗。直到有高人指点，刘亮程将他的诗不再分行，而是修改后作为散文发表，他才走出了一条敞亮的路。这时候的刘亮程已经年近不惑了。

笔者因为 21 世纪初上大学前后读过刘亮程的散文，欣喜之外，一直对这个前辈作家心存感激和敬意。也因此，几年前满怀着期待买到一本刘亮程的诗集《晒晒黄沙梁的太阳》。① 这部被称为"刘亮程文学世界的原点"（见该书的腰封）的诗集，仅从书名就不难看出其与散文之间的亲缘性。不知是因为对刘亮程的散文太熟悉了，还是别的什么原因，拿到这本诗集竟读不下去。那些曾存在于散文中的有些孤独甚至诡异的氛围，那种独属于个人的幽微的气息，那种与缺水的中国西部相联系的带着土味的叙述，如今在分行的文字里显得有些别扭，少了与自然共生共在的气息，甚至少了他散文中所具有的鲜活与灵动。为什么会这样呢？我想，或许是由于他早期的散文在很大程度上脱胎自这些诗歌，也因此，这些诗歌在某种程度上重复了他的散文。而在叙述方式上，作者又缺乏变化。更不用说在散文里，刘亮程其实已经找到了他最恰切的表达方式，甚至远远地拓展了其诗所表达的东西。所以，如今回头再看他的这些作为"原点"的诗，倒觉得有点令人难以满意了。就此来说，我宁愿刘亮程没有出过这样一部诗集，宁愿他永远都没有将他的"文学世界的原点"交出来过。爱之愈深，责之愈切。读我喜欢的作家的文字，这样的矛盾和纠结，恐怕难免。

如今，对比着阅读第广龙的诗文，想到他和刘亮程的相似，继而想到这些相关的旧事，在享受着来自这些诗文的愉快的同时，又在心里产生了疑问：为什么读第广龙的诗文，却没有感到像之前阅读刘亮

---

① 刘亮程：《晒晒黄沙梁的太阳》，浙江文艺出版社 2013 年版。

程诗文时的反差？可能的回答是，第广龙的诗文写得更为多元。因为多元，笔下的事物、叙述的口吻，都更为多样，它们之间不是重复的，而是互补的。因为题材更为广泛，声部更为丰富，也就没有给人留下单一和重复之感。

二

读第广龙的诗，首先被吸引的，是他那些读来又真又幻，显得极其微妙的诗行。比如《土尘》："腊月，山里干冷/坡上的土，结了层//……零落的树木，槐树和榆树/是铅笔画//起风了，土尘松开/如牛的身子，如羊的身子/在崖畔，在沟底出没//我走在半山上/一阵风过来，土尘跟着过来/我不躲，只是侧一下身子/缩下去脖子，让土尘过去//让不过去，就和土尘撞一下/又一下，土尘远去了/我拍打拍打，接着走……"（《土尘》）[①] 尤其是后半部分的"侧一下身子……让土尘过去"和"让不过去，就和土尘撞一下……土尘远去了/我拍打拍打，接着走"，真是令人击节。这样的诗句会让人想起刘亮程的《一场叫刘二的风》《只剩下风》，尤其是《月光里的贼》等诸篇散文。当然，在散文中，有些内容会被写得更为充分，也更为丰富，但是那种幽微的格调，出人意表的诗思，却是很有些相通的。

在第广龙笔下常有一些诗句，意味深长，让人难忘，哪怕——或者说正因为——有时甚至让人有些莫名。比如那个"过河的人"：

[①] 第广龙：《一个骑自行车的人》，石油工业出版社2014年版，第33页。本文下引该书内容，只随文注页码。

"他提了提裤腿,河水的衣裳/收缩出许多褶皱,也提起了/这个黄昏的黄金,那跌落的溶液/提起了故乡,柳树的树冠/解开的头发,凌乱,要挣脱出去/他的粮食在腐烂,妻子在哭/脚下是水,水刚过脚踝/他走得很慢,似乎是水流的阻力/似乎又不是……"(《一个过河的人》,第134页)。如果说"这个黄昏的黄金,那跌落的溶液"是让人眼前一亮的,那么"他的粮食在腐烂,妻子在哭/脚下是水"就更是如此。后者甚至让人有些不知所措,"粮食在腐烂""妻子在哭""脚下是水"之间是什么关系?也许什么关系都没有,诗人只是将本无联系却真实存在的事物并置在诗句中。可是这种并置给人一种无从说起却又极其微妙和深远的感觉。

在《马脸》中,短短的诗行——"狭长的马脸/一件,命运的半成品/在风雪的夜晚/山崖,没有塌陷/左边的阴影,迟早也是右边的阴影"(《马脸》,第47页)——让我们甚至难以确定,诗人所写,到底是一张真的,还是作为工艺品的马脸。但是这并不影响我们对之感到意外和惊奇,并牢牢地记住它。

第广龙写过西安的一个被拆迁后闲置的荒地:"一个骑自行车的人过去后/红庙坡西边的路口,整个下午空着/以前,这里拥挤,杂乱/腾出来的空隙,马上被填上/已经半年多了,这里冷清下来了/这里空着,即使那个骑自行车的人/再经过一次,也只能更加寂静/原来在附近的菜市场搬走了/一个个村庄也拆迁了,/围在围墙里的荒地/长满了杂草,都是自己长出来的"(《红庙坡西口》,第137页)。虽然说这首诗的前面部分并没有什么令人特别意外的诗行,但是那种"空"和荒凉的气氛,却是很有意思的。最后一行写荒地长满杂草,"都是自己长出来的",更是神来之笔,妙不可言。

20世纪末,第广龙从庆阳迁居到西安,随工作单位居住在西安北郊某处。正如他悉心留意过的乡村和身外的大自然，在城市里安身的他，也悉心地打量起人们眼中看似诗意寡然的城市。对于城市生活的点滴，第广龙同样写得幽微、生动，甚至带着一丝诡异。比如他写那个在后半夜里搬东西的人："后半夜，暗地里/一个人在搬东西/哐啷哐啷，哐啷哐啷/在搬东西/似乎搬来了黑暗/似乎要把黑暗转移出去/暗地里，东西一定比白天重/黑暗加重了东西的重量/看不清什么东西/也看不清人/只是听见，搬东西的声音/在后半夜，声音很响……"（《一个在暗地里搬东西的人》，第42页）写他夜里听到的雷声及其想法："昨夜，西三旗的上空/隐隐的雷声，在暗处抛落/声音来自铁器/来自，一个傻瓜的脑袋/后半夜，雷声远去/雨声清晰/我都能区分，是落在树叶上，窗户上/还是楼顶上和地皮上发出的雨声/雨声里，最适合睡眠/我却翻来覆去，枕头在生锈/一只羊也出现在床头/有把刀就好了/我不睡觉了，起来杀羊"（《昨夜，西三旗落雨》，第160页）……写得幽微、有趣，新意迭出。

三

相比之下，《遇见》一诗写得更加诡异，并且是从寻常中陡然生出的诡异："走着就遇见一座废弃的院子/到跟前，土墙的阴影里/一头牛在嚼草//走着就遇见一颗枯树/以为老死了，到跟前/看见了一星一星绿芽//走着就遇见一个人/躺在土坡下，以为睡着了/到跟前，竟猛然坐了起来"（《遇见》，第79页）。

我们从《相遇》中出人意表的诗行，不难感到一种明显暗藏于其间的深深的幽默感。第广龙是善于写幽默的。就像在平日说话时，他慢条斯理,有点土,有点糙,但是冷不丁地会冒出几句幽默的话,蔫儿怪的样子,让人耳目为之一新。写诗时,他也常常如此。在《山中一日》里,他写道:"山里的女人,穿着棉质的上下身的睡衣/在房子外面晃动,有的端着饭碗/吃下去暖冬的能量,我却在一户人家的上方/发现了一间佛堂,里面的佛/似乎被忘记了,里面还停了一辆摩托/似乎出门时,佛也会搭乘"(第179页)。这里的"发现",完全就像他平时说话的语气,读来令人忍俊不禁。

另一些诗甚至会让人读来爆笑不已。不信请看《会场》:"会场里坐满了人/都勾着头/随领导讲话的节奏/眼光,在材料上移动/有几个,头顶的头发掉光了/看上去亮闪闪的/让我想起了一个段子/我差点笑出声来/连忙捂住嘴巴/假装要咳嗽的样子"。"领导在主席台上讲话时/我有时会产生大喊一声的想法/我为此害怕/并以为我真的会大喊一声/为此我更害怕/并以为已经承担了可以预见的后果"[1]。这里,诗人不仅以极具反讽的幽默消解了社会意识形态的一本正经,也让我们看到诗中之"我"(诗人自身,或者分身和化身)的某种"好玩"与"天真",当然,还有慧心。"为此我更害怕/并以为已经承担了可以预见的后果"两行,不仅有幽默,更有智性的思辨。虽然这里所写的日常情景(比如会场以及似乎被忘记了的佛堂),与刘亮程笔下寂静、空旷的一个人的村庄不同,但是其幽默的特征,却同样会让人想起后者笔下的《狗这一辈子》《通驴性的人》等篇什,想到其中浓重的幽默感。

其实,第广龙的诗和散文都从容而出色地散发着让人会心一笑的幽默与智慧。不知是否与文体有关,在散文中,第广龙的幽默气质体

---

[1] 第广龙:《第广龙的诗》,甘肃文艺出版社2014年版,第20—21页。

现得更为充分。通过那些聊天、谈话一样的文字，他总是会看似漫不经心地说出几句令人意外和会心一笑的话。从更普遍地散落于其散文中的幽默来看，甚至可以说，第广龙的诗歌分有了他在散文中的幽默。当然，更准确地说，是他的诗歌和散文分有了他性格中的幽默。

四

　　幽默是智慧的表现。它意味着面对生活的旷达与豁然，意味着超越于现实之上的超拔。第广龙的好些诗，不仅写得幽默，而且显示出他从现实利害中超拔而出的，具有超越性的、俯瞰人世的智慧与悲悯。

　　比如他写七星瓢虫（或者七星瓢虫一般卑微而又广阔如星空和宇宙的过去的天地）："放大了的，不光是露水的心脏／如此星空，也可以新鲜／背负在身上的星座，有着通红的底色／／透亮的白天，也能看见／似乎经历了天火的烧灼／小小的身子，承受着星星的重量／／就在最低处，移动宇宙的一角／穿过繁茂的丁香花丛，攀爬／摇曳的柏枝，却只收藏一滴蜜糖／／可以展开，也可以收拢／只有密集的脚趾，是柔软的／已经探知了夏天的辽远"（《我过往的七星瓢虫》，第110页）。这样的诗，看似在写七星瓢虫，实际上又仿佛是在通过一个无比广大的视角写一个卑微的物在宇宙中的位置，或者，一个微小的物身上所背负和映射的宇宙。在视角的转换中，有巨大的空间交错性和拉伸力量。这样写七星瓢虫，难免让人想起刘亮程《与虫共眠》中最后的几句："当千万只小虫蜂拥而至时，我已回到人世间的某个角落，默默无闻做着一件事。没几个人知道我的名字，我也不认识几个人，不知道谁死了谁还活着。一年一年地听着虫鸣，使我感到了小虫子的永恒。而我，正在世上苦度最后的几十个春秋。面朝黄土，没有叫声。"①

这种对于人世悲苦的体味与觉知，对于人世的旷远和渺小的承领与接受，也应和着中年以后的第广龙的诗行："我喜欢听到这样的表述：又过了很久/这意味着，这个世上，我还在/不论述说，还是聆听/……对记忆来说，对爱着的人来说/我的很久里，死去了一些人/诞生了一些人，我的很久里/包含了老——老，也是珍贵的/也许是可耻的，但是，老，一定难得/老，不是平常之物/老的珍贵，是还能继续老下去/老到尽头的珍贵"（《过了很久》，第131页）。关于亲人，第广龙曾写下极为动人的诗句："树木是连着地下的/树木的冷/向地下传递//冰凉的梦里/我的亲人，结冰了一样/独自吹着风//地下，有我的亲人/有我的冷"（《冰凉》，第111页）。

他善于思考，善于发现、概括和提炼。他说："老人是火盆子，儿女大了/出去了，各过各的日子/还要回来，围着/火盆里的炭火，添着，火焰续着/火焰是温和的，慈祥的//火熄了，温度散了/儿女也散了，往后/更是各过各的//当老人的坟头/又成了火盆子/一年也就生那么几次火/用烧纸生火，用回忆生火/似乎把阴间的火/传到了人世，似乎也是阳间的火/手掌的火焰，拍打着黑暗的棺材"（《老人》，第17页）。这些诗句，不仅会从情感上打动人，而且显出一个写作者的智慧。它们似乎在暗中呼应着刘亮程的《寒风吹彻》。

对于人世，第广龙有很多富有智慧的思索。他的《五十上下》《银子》《弯曲》等诗，不仅具有格言的质地，而且多有卑微和沧桑

---

① 刘亮程：《风中的院门》，上海文艺出版社2004年版，第171—172页。

之感。更难得的是，沧桑中闪烁着思辨的光芒，发人深思，令人警醒。以《弯曲》为例："人一辈子/两头弯曲/出生前，死后/头和脚挨着//出生前在子宫里/是温暖的/死后在棺材里/是冰凉的//中间这一段，要舒展/却常常直不起腰/常常弯曲着/在有些岁月/弯曲得更严重"（第187页）。短短的诗行，就像一幅简劲、苍润的写意画，寥寥几笔，就勾勒出了世相，勾勒出了人生的悲苦与荒凉。

第广龙的不少诗，都从对现实形象和事象的描画起笔，在看似平淡的叙述中，渐渐将诗意推向强烈的思辨。比如他笔下的"衰草"："在细微处/在衰草的关节/那折断的位置/是我的脆弱/也成为我的坚韧"（《衰草》，第70页）。还有那个传达室的老头，晚上锁了大门之后，"把自己隔绝，虽然只有他才有钥匙/但一个夜晚都不会使用/我那时就认为，老头既不属于里面，/也不属于外面，老头是一个多余的人/老头又必不可少"（《传达室》，第48页）。这些诗句从叙述走向思辨，从具象绎出抽象，其品质却还是直觉的、诗性的，是属诗的思辨，是不离具象的形而上。

诗人对于现代都市之悖谬的敏锐感知，更是如此。比如《提货处》："进入大商场，都豪华，亮堂/商品整齐，美观/服务员穿职业装，礼貌，热情/要是买了大件，得去提货处办手续/那通常在地下仓库，脏，乱，拥堵/墙上布满黑印子/货车司机，三轮车司机/抽着烟，端着粗糙的茶缸/等着送货，也把容貌姣好的女顾客/多看几眼，实际上/上面和下面，没有区别/是联通的，只是两者/绝不会颠倒过来"（《取货处》，第43页），就让人格外难忘。

在《上泥》《后人》等带有政治讽喻性的诗中，诗人或者通过具体的场景，或者通过寓言性的方式，同样托举出发人深省的思考。

五

除了上述格言式和思辨式的诗句外，第广龙的笔下，还有大量富有诗意的警句。他似乎是当今为数不多的，还在坚持警句写作的诗人，乐此不疲，并以此对作为诗人的自我进行检验。比如他写枣核："枣的尖锐只存在于内心/……枣，在十月的后面消瘦/谁剖开枣/谁就知道，果肉包裹的最深处/才是真正的伤口"（《枣核》，第5页）。写闹钟："拳头大的闹钟，攥紧时间/……//心事拿开，呼吸舒缓/困苦的人，也有好时光"（《午睡的时光》，第7页）。写胡萝卜："是一枚枚钉子/钉入泥土，加固大地/和一场秋风//……一枚冰冷的胡萝卜/在黑暗的地下/摩擦，知道通体发红/似乎也是收集了/地下才有的光亮"（《胡萝卜》，第34页）。写手电的光："是身体里多余的光，漏了出来/昨天的伤口已被盐水清洗/丈量的结果，也许就是命运的长度//……依然有幻想，有再一次冒险的愿望/银子就是落在肩膀上的雪"（《手电》，第38页）。这些充满诗意和张力的诗句，都会给人留下深刻的印象。

以上诗作中的最好诗句都包含着让人眼前一亮的意象和巨大的跳跃感。第广龙善于通过制造空白感和跳跃感来增强诗行的诗性。这使得他的诗作的诗性区别于传统抒情诗的诗性。也即是说，在他的诗中，诗性的表现方式更为丰富，也更为现代一些。这其中，包括他善于通过莫名和"闪烁其词"来制造理解上的难度。比如《暖瓶》："多年以前，我怀抱暖瓶/一个高烧不退的婴儿/穿过笔直的松树林/……在冷清的山坡，拔出木头塞/用手指，试一试温度/我失去了上大学的机会/只希望，冬天的夜晚/还有一口白开水"（《暖瓶》，第

9页)。令人有些费解的是,"在冷清的山坡,拔出木头塞/用手指,试一试温度"是什么意思?与"我"所失去的"上大学的机会"之间又有什么关系?为什么希望"冬天的夜晚/还有一口白开水"?虽然有上述疑惑,但是如此大开大阖、似有意味又不明示的写法,其效果却是积极的,吸引人的,也是富有诗意之模糊与朦胧的。

第广龙的诗中,最能集中体现他的诗意、思辨、智慧、对尘世之关切……总之,诗歌的综合创造力和德性关切的作品,大概要数他的长诗《石油曰》(第143—150页)。在这首诗中,不仅有警句,有不离具象却同样强烈的思辨,以及由此而来的强烈的诗意,而且有惊人的意象,以及对人类命运的自省与关注。对此,只需看他笔下的这些诗行,即可一目了然:

> 如此之深的埋葬,也被挖开
> 如此之深的死,也会暴露
> 大地上,一口口井
> 喉管,食道,直抵地底
> ……
> 抵达这埋葬之处
> 抵达这死
> 不是复仇,不是折腾也不是恶作剧
> 甚至没有和死
> 和埋葬联系在一起
> 人们寻找的,是
> 有用的物质……(之一)

大地上，运尸的队列

　　就是死的动力

　　在驱使

　　使车轮滚动，加速

　　道路，也是这尸身铺就

　　……天上地下，都在消费这死

　　这死换了名字，叫燃料（之三）

　　死也是一次性的

　　死也会用完

　　亿万年前的死

　　被一次性使用

　　因为没有第二次

　　没有第二次的生成

　　不会再有汽油，柴油

　　不会再有沥青和甲醇

　　一次性使用了

　　也就一次性消失了

　　这同样是死的宿命

　　哪怕死在亿万年前（之四）

　　多少黑暗的集合

　　才有如此的黑

　　多少黑暗的分解

　　才有如此的液体

> 如此的黏稠
>
> ……多少死忘却了死
>
> 多少死才有如此的黑
>
> 如此黑的液体
>
> 成为石头的一部分
>
> 又区别于石头
>
> 成为地狱的一部分
>
> 又区别于地狱……（之八）
>
> ……

以"死"命名石油，以带着浓烈腥味的、生与死的思辨"勘察"石油，以切近的感知和强烈的超拔与抽象观照石油，进而观照人世、地球、宇宙的生灭……如此写作，紧张凝练，仿佛石油一般，只有经过长期的沉浸、久远的埋藏和高度的凝缩才可能达成。

从某种意义上说，这首诗浓缩了第广龙多年的生活经验，是他的生命与思索之诗。《石油曰》有经典的质素。第广龙通过这首诗创造出了独属于他自己的诗歌意象。正如张清华所说，郑小琼的诗通过对"铁"的书写，为这个时代提供了最具隐喻的扩张性意义的意象，为我们这个冷硬的工业时代留下了一个标志性的关键词[1]，我们也可以说，第广龙的诗，通过对石油与死的互相命名和辩证书写，为我们这个时代留下了极其重要的意象，甚至比"铁"的意象更为本质，更为深刻。它不仅是关乎个人、社会、生活和命运的，而且是超越于命运之上的极度书写，有向着无限奔

---

[1] 参见郑小琼《郑小琼诗选》，花城出版社2008年版，封底。

涌的内在动力。

说到创造意象，其实，第广龙在《春天的铁皮》中，通过对铁皮的书写，已经创造了属于他自己的意象。只是在《石油曰》中，他才自反性地面对、总结、完成、告别了他自己，甚至因此而超越了他自己，为我们留下了一个丰厚的、有巨大玩味空间的诗歌文本。

六

以上，我们对比了第广龙与刘亮程写作之间的临近与差异。值得追问的是，相比刘亮程的散文所掀起的风潮，以及刘亮程的诗让人几乎读不下去的反差，第广龙的诗文写得如此摇曳多姿，却没有刘亮程的写作那么令人瞩目呢？

我想，除了某些应时的机运之外，一个重要的原因大概在于，第广龙在几个层面上不够集中。首先是主题的不够集中。第广龙出版的诗集和散文集已有不少，以新近出版的两部诗集《一个骑自行车的人》和《第广龙的诗》为例，每一部诗集都分了若干辑，但是这些被安排在某一"辑"下的诗，似乎缺乏差异性和鲜明的辨识度。甚至让人有些疑惑，作者为什么要分"辑"？分"辑"的依据是什么？起到了什么效果？试想一下，如果诗人以其诗歌类别来分辑，将某一类的诗（比如那些多有关乎人生警句的诗，写出各种微妙情境的诗，有关石油工地生活的诗……）放在一起，形成鲜明的聚集效应，甚至分别作为不同的诗集出版，以清晰地显示诗人的写作面貌，结果可能就会大不一样。同样的理由，在第广龙为数不少的散文中，如果能把关于童年或青年时在甘肃生活的故事和回忆的文字放在一起,把关于西安及其周边的文字放在一起,分辑甚或分别通过不同的散文集来展现,结果也可能会大不相同。

对比一下刘亮程的写作,他的每一本书都有一个鲜明的、可作为立体对比的主题。在《一个人的村庄》中,写黄沙梁;在《驴车上的龟兹》中,写库车老城;后来获得"在场主义散文奖"的散文集《在新疆》(第广龙也获得过"在场主义散文奖",所不同者,他不是以一部散文集,而是以单篇散文获奖的)也是在保留原有的两部分内容之外,再添加其他内容的。其中的每一辑都具有鲜明的特色,尤其第三、四、五辑"树的命运""月光""向梦学习",可以看作他在保有原来特色的同时,在散文写作上有意识地自我拓展。此外,刘亮程通过迄今为止几部长篇小说,开拓他的写作疆域,无论其小说写作本身有何争议,至少写作面目是清晰的,不容混淆的。

当然,在有如此立体的写作样貌之前,刘亮程是靠《一个人的村庄》中的散文篇什来获得其清晰的面目的。在早期散文中,刘亮程集中写了一个村庄中的物事,几乎每一篇都写得集中而纯粹,有时甚至可以达到难以易一字的精确。相比之下,第广龙的诗文在精确性和文字纯度上都要弱一些。他的诗文大都立意很好,想象力也十分出色,只是在细部的写作上,缺乏更进一步的推敲和经营,仿佛打铁,缺了最后一道煅打与琢磨的程序。比如《提货处》:"实际上/上面和下面,没有区别/是联通的,只是两者/绝不会颠倒过来",其中的"没有区别"四字,就需要再推敲。真的"没有区别"么?也许从某个角度来看是没有,但是直观地看,它们的区别还是明显的。也因此我们就很难断然地说"上面和下面,没有区别"。类似语句的不够精确,会直接影响一首诗的纯度。再比如《石油曰》的部分诗行,也写得不够精准，甚至个别地方有些拖沓，这些都会使整首诗的纯度、高度和品质打折扣。不得不说，这是极为可惜的。以第广龙的写作实力、所写作品的广度与厚度，倘能在上述几个方面自我革新，完全可以期待他有更为出色的表现。

五 北纬零点七度的童话或"爱情"
——读之道《咖啡园》

之道是一个非常立体的人。诗歌编辑、诗人……多重身份在他身上不仅相安无事,而且相得益彰。同时,他也是一位非常立体的诗人。他的写作姿态显得极为开放,时而浪漫、时而写实、时而抒情、时而口语。在生活中,之道的另一重身份是地质工程师。前几年,因为工作,他远赴印尼,在一个叫苏拉威西的岛上,度过了一年多时光。热带的海洋、岛屿、种植园,乃至当地人的生活样貌,应该给了出生和成长在北方的他不少刺激。于是,在不务正业的情况下,他写起了诗。工作结束后,他带着双份的成果回国。一份是作为工程师所获得的酬劳,另一份更珍贵的是诗——《咖啡园》便是其中最重要的一部分。

《咖啡园》是一组既长又短的诗。说它长,因为这组诗分为四"纪",每"纪"45节,每节6行,合起来就是180节,共1080行(这还是诗人改定后的数目,据说这首诗最初的版本有1200多行);说它短,因为每节诗——实际上也可以看作一首独立的诗,只有6行,寥寥数笔,意味悠长,称得上简短隽永。就此来说,《咖啡园》既是一首长诗,也是一部主题集中的、独立的诗集。之道通过这首诗——或说这部诗集,带给我们一个童话般的自然,一个通感的、叫人应接不暇的多彩世界。

一

《咖啡园》开篇就写到了苏拉威西岛上这片咖啡园的主人——罗尼:他"带着狗去了集市/留下蝴蝶看守花园"(1.1)。[①] 虽然写到了罗尼,《咖啡园》的主角似乎并不是——至少首先并不是罗尼,而是留在他身后的大自然的造物:蝴蝶及其他。

《咖啡园》不胜欢喜地写到这些造物:风、果园、雀鸟、露水、桄榔、石栗……甚至阳光。只是因为它们(的故事)太多了,实在更像是这片园子的主人:"果园是音乐的池塘/清澈见底//鸟儿常来沐浴"(1.4)。"风是果园的左邻右舍/随意来来往往"(1.7)。"风一捧腹大笑/两颗果子就应声附和"(2.11)。"月光走进果园深处/每迈一步都是用镐头刨挖寂静"(2.9)。"海雾给果园捎来口信/想把湿润延伸到丛林的每个角落"(1.20)。"酒的耳朵伸得越来越长/从酿酒坊到桄榔树梢"(1.27)。"沿捷径走进丁香林中/露水抓住裤管喊我"(1.13)。"北纬零点七度/没有地址,没有邮箱//东邻大海/西依峻岭//果园里豢养着两只宠物/太阳、月亮"(1.29)……以上所写,不像一个童话的世界?

这里,风有了身形,作为"风是果园的左邻右舍",它可以随意往来,"沿着矮墙、篱笆/以花为界,或者//忽而猫着腰/掠过一片草

[①] 这里的"1.1",即《咖啡园》第一纪第1节。下同。本文所引《咖啡园》诗句,均来自尚未公开出版的打印稿。特此说明。

尖"(1.7)。这里,太阳豢养着果园,"光芒是它的乳汁/流淌在南坡上哺育咖啡//长茅草经常偷吃几口/午睡醒来又长高许多"(1.3)。这里,果园的鸟声会点燃森林,"大火向海湾漫延//海水燃烧起来/红色的波浪向夕阳炫耀",而风"站在山巅之上/袖手旁观"(2.31)……可以想象,正是受到这个童话般世界的强烈感染,作者的诗心才被点燃,进而弥漫,仿佛整个儿燃烧起来。是的,我想说,长时间生活在北中国的之道,在地处"北纬零点七度"的苏拉威西岛上,获得了几乎前所未有的灵感。这份灵感打通了他的各种感知之间的界限,也打通了他与外在世界之间的界限,空前地激发了他的想象。于是,眼前的动植物,乃至风云雨雾、日月星辰,都有了崭新的形象和生命。就此来说,他似乎只是以通感的手法,将扑面而来的这些生命的跃动以及戏剧化的场景记录和书写下来。因此,《咖啡园》所写,是诗,更是心境。其诗行间流露的,是不断的惊喜、感叹——正如诗人所惊叫的:"绿色,疯狂的家伙/不分昼夜地工作"(1.34)。在热带或亚热带生活过的人,自会明白这句诗的分量。此外,这些诗行所显示出的,也是他和热带海岛相遇的"爱情",与诗神邂逅的"爱情"。

《咖啡园》从头到尾都弥漫着通感所带来的欢畅与通达。通感的使用,几乎是诗人下意识的选择——如果能叫作选择的话。从某种意义上说,《咖啡园》对通感的使用,可以看作内容决定形式的一个范例。正是通感的使用,使得《咖啡园》所写,具有了童话的色彩和强烈的戏剧性色彩,读来叫人惊喜不断,也忍俊不禁。不妨先看几则"童话故事":

    戴花头巾的蜜蜂
    给小蜜蜂们讲童话故事

头顶的波罗蜜
听得惊心动魄、热泪盈眶

小山雀姗姗来迟
却饱享结局的完美（1.25）

火堆中的土豆
翘望着瓶子里的辣酱

餐盘在粗糙的木桌上念念有词
一撮儿熏黑了的丁香

没了秀色
却成了有别于美餐的希望（2.45）

黑鹰把田鼠撕碎喂给雏儿
小家伙打打闹闹，互不相让

鹰飞走
几只昏鸦在头顶盘旋

小雏们急了，冲天咆哮
用爪子压住食物，却忘了自己（3.4）

蚯蚓在地皮下撰写长篇小说
纯粹的乡土味道

盘根错节
复杂的时候

就用自己的身体打结
能读懂的，只有哈利的四只利爪（3.24）

雨燕飞回来了
树叶哗哗地叫好

"雨邀请到了吗？"
安格列（兰花的一种。——引者）急切地问

她早已播下花种
离屋檐不远的台阶下（3.32）

　　从以上几节（首）诗中，我们不难清晰地看出，这些诗所具有的鲜明的童话色彩。甚至后面几首还有些狄金森的味道。如果说上面关于黑鹰、蚯蚓和雨燕的诗，很有些狄金森的气息，那么下面这首就更像了——不，确切地说是貌同心异："六月不请自来/接生婆般的模样走进园子……"（2.12）——如果我们想起狄金森的《三月，请进》的话。只是在之道的诗中，戏谑的意味更为浓厚了。之道的另一首关于"大牛"的诗——"茄目（番石榴）果中藏着一只天牛/日夜不息地吮吸果汁//鲜红的果肉/馋得小黄鹂打着转鸣叫//'走开，走开'/天牛果然不理不睬"（3.34）——则会让人想起列那尔笔下那头只顾吃草的猪，即使冰雹劈头盖脸地砸下来，它也只是咕哝："尽是些肮脏的珍珠！"①

通过诗人玩性十足的戏剧性描述，这些自然乐园中的动植物，无一例外地显出了魔法般的活化能力和出人意表的童话色彩。如果对观雉鸡的笨拙（4.10）和燕子的横冲直撞（2.21），其中的戏剧性就更加彰显。

这样一个童话般的咖啡园，首先是动植物的乐园。一如诗人所说："苏拉威西岛上/动物、植物都长得隽永精妙"（3.10）。不仅如此，他还告诉我们："拉努镇满山都是野兽飞禽"（4.26），"天上飞的比地上跑的动物还多"（4.25）。这样一个乐园和生活其中的"公民"（热带的动植物），自然不会懂中国诗里的忧伤与凄凉（2.19），甚至与痛苦和忧伤本身无缘——如诗所说，"苍老的果园/从不招惹痛苦、忧伤"（1.32）。它所拥有的是"宁静的语言"（2.23）和"哈瓦那式的笑靥"（2.26）。也因此，诗人很晚才写到人，这片咖啡园的主人和很少的几个工人。

二

上面提及，《咖啡园》虽然一开篇就写到园子的主人罗尼和他那

---

① ［法］儒勒·列那尔：《列那尔散文选》，徐知免译，百花文艺出版社1994年版，第39—40页。

条叫哈利的狗,但只留给读者一个他们离开果园去赶集的背影,而将整个园子交给了蝴蝶、蜜蜂、雀鸟、阳光……所以,看上去仿佛后者才是真正的主人——而所谓"主人",也不过是园中的一个居民而已,并不比其他造物的存在高级多少。实际的情形也正是如此。

诗人将园中的自然造物写了个痛快之后,笔触才一点一点地回到罗尼身上。比如写他赶集:"将波罗蜜劈成两半/剥去刺甲//砍下小树叉作勾/一头一半,挑在肩上//下山就能换回/一小袋盐巴,两个鸡蛋"(3.15)。

或许还应该加上随后买蜡烛的那一节:"听说蜡烛涨价/罗尼就多买了两捆//仔细用布包裹起来/埋在门槛之下//未来两年的光明就这样蛰伏在地皮下长寐"(3.16)。两年的光明有两包蜡烛就可以保证,罗尼的生活实在够简单,也够俭省。诗人说:"老罗尼很少点灯,或蜡烛/不多的灵犀与夜相通//星光是他的宠物/黑暗是他可口的食物//他时常坐在木屋外的旷野中享受此刻/甚至不点燃烟斗"(2.43)。相比光明,罗尼似乎更怀念黑暗:"最后的半根蜡烛即将燃尽/低矮的门楣,阻碍着其他光进入//黑夜的羁绊解开/屋内看不到光的羽翼扑闪//老罗尼走出屋外/从前的黑暗呼唤他前去怀念"(2.38)。这样的生活样态以及生活所需,几乎有着植物般的静息与质朴。

更多的时候,罗尼的工作内容是摘果子、修剪树枝和除草:"摘下可可/剪掉全部新枝"(1.45),"剪掉树干上大大小小的枝杈/直到看见嫁接的疤痕//让树休息/让可可汁在体内缓缓囤积"(2.16)。或者,防止野猪和兔子对果园的破坏,"老罗尼把荆条插在果园边上……//从此,野花也无法溜出园外幽会……"(2.18)。不过,总是会有意外的。比如,"一夜之间/果园里多出了许多土坑//仿佛谁要种植声音/仔细看，土坑里充满了野猪的唇吻"（2.36）。于是，罗尼在"荒草丛里/插了许多树枝，末端削得尖锐锋利//一看就是给野猪们准备的"。诗人看得很清楚，"这唬人的摆设//无非稻草人的样子/果真要命，罗尼早就去挖陷阱了"（4.3）。也就是说，罗尼只是想赶走野猪，而不是置它们于死地。《咖啡园》中，罗尼唯一想要像"灭害虫似的"砍掉的，似乎只有繁殖力非常强的毛竹（3.12）。除此之外，他连砍些树做木桩卖都舍不得："矿山要买些木桩/罗尼拎着砍刀在园子里转来转去//看见北坡上的槐树/他屏住呼吸，举起刀来//树也屏住呼吸/对视许久，刀方才归入鞘中"（4.36）。这个情境写得真好！老罗尼"屏住呼吸"（也许因为不忍心看还闭上了眼睛），提起刀终于又放下的形象跃然纸上。这样一个淳朴、善良的人，为燕窝商贩的到来而担心起园子里的燕子，也就没什么奇怪了（4.17）。正因此，幼鼠才敢在他枕边入睡："一个礼拜了/一只幼鼠卧在罗尼枕边入睡//……天亮后就躲进/哈里看不着的暗处"（4.7）。从某种意义上说，幼鼠睡在罗尼枕边，和睡在另一个不伤害他的动物枕边，甚至睡在一棵树边，是没有多少区别的。他身上有着质朴的自然性。正如诗人将咖啡园里的动植物拟人化了一样，我们也看到，罗尼身上有着将自身自然化的一面。

诗中好几处写到了罗尼的"前史"："法德利说/老罗尼原来是他们村上的人//年轻时干练英俊/一日离家出走，二十年后回来，//至今孤身一人，腰里裹着美元/村里常有人去提媒"（3.17）。虽然如此，当"我与罗尼并排坐着看海/忽然侧身一笑//笑得有点儿诡谲/大意是问：你有没有女人//罗尼先是一愣，/接着耳根发红，低下头来"（3.13）。罗尼的这种反应，几乎有着童真的羞涩。这与我们时下常说的"油腻男"，自有云泥之别。出现在罗尼身上的另一件事，也显示着他自然化的一面："三十出头，罗尼去了马来西亚/伐木、割胶，采摘可可，咖啡园刈草//年过五十，回到拉努镇时物是人非/独自上山，与荒野为伴//上个月买了部黑莓手机/联系人至今没有一个"（3.6）。这种有手机而没有联系人的情形，在我们看来几乎不可思议，事实上却再好不过地显示了罗尼那植物般的生活样态。更具戏剧性的是，"手机终于醒了/罗尼收到了警察所的短信//'天气干燥，森林防火'/第一次听到铃声//吓得哈利躲到木屋底下/屏住呼吸，竖起耳朵"（3.42）。这是怎样的一种生存状态？对于生活早已高度现代化了的我们，听起来像是天方夜谭——正如对于罗尼，除了用集雨桶收集雨水外，打一口井让水从地底下冒出来，也是天方夜谭一样的（3.19）。这仅仅是他无知、落后和原始的表现吗？如果不是，其中还有什么深意有待我们去领会？

作为一个人，一个咖啡园主，罗尼身上也有"凡俗"的一面，比如清点积蓄的时候："老罗尼仔细清点着积蓄/像用镊子从落叶中拣出一枚月亮//他的心格外亮堂/并非心中装着三个太阳//烟斗大的一丁点儿火光也足够/把一捆旧钞票塞进上帝都不知晓的地方"（2.10）。不过，罗尼的举动丝毫不令人生厌，相反，会叫人生出一些带喜感的同情。毕竟，这是他多少个日夜的辛劳所得。相比此处的刻画，对于汉语诗歌的读者而言，更能显示出罗尼身上异质性的，是他走出和走进教堂的形象：

赎罪日，罗尼盛装
礼拜后走出教堂，郑重宣读

胡乱飞舞的蝴蝶，咬过人的枯枝

打压异己的黑鹰，言语刻薄的丁香

一律赦免

各享圣餐一份（2.17）

这里，宣读赦免令的罗尼，有着一种令人敬重的庄严感。如果带着这份庄严，再去看他走进教堂之前的准备工作——"复活节那天/罗尼拎着一个大口袋下山//口袋里装着衬衫、裤子、袜子和皮鞋/到了教堂后院，一一更换下来//信步走入礼堂"（4.28），这些非常具有仪式感的准备，难道不会使那份庄严感更强烈几分？罗尼换衣服的举动里所蕴含的庄重与虔信，甚至会令人心生敬畏。虽然诗人有些调侃地说，罗尼走进教堂时的身影看起来"有点像情报五处的007"，但是，很难说那就是滑稽。

罗尼心中有爱。那是一种因心中的良善而生出的，连当事人都习焉不察的爱。前引诗中，他对砍树的不忍，对幼鼠的接纳，对破坏果园的野猪的善意，对燕子的担心……都属于此类。这种对自然造物的爱，虽然隐而不显，却被细心的诗人一一捕获。这样一个人，对同类的爱与善意，就更难以细数。《咖啡园》中写到过罗尼对一个陌生人的友好："有人进园子里来问路，我暗自好笑/难道看不出这里是天涯海角么？//老罗尼迎上前不厌其烦地解释/没完没了地絮叨//陌生人点头、摇头，摇头后又点头/不一会儿，两个人就密不可分了"（4.32）。这份源自本心的善意与友好，着实令人感动。相比之下，罗尼对他的雇工的善意，更有美学意味："奶奶耳背，/每当罗尼嘴角一动她就羞涩、摆手//奶奶刚进园的时候/罗尼趴在她的耳边说：//有了你/咱们的园子就漂亮多了"（4.33）。诗中的"奶奶"是罗尼雇来摘丁香的工人。他如何能够对他的"工人"说话，也有这种颇具美学风格的气度？从本质上说，是由于他对生活无条件的爱。正是这种无条件的爱，才自然地衍生出他对世人的友好与赞美。诗人写得好：

> 从未听罗尼说过一个"爱"字
> 凝望椰子
>
> 嗅哈利踩过的脚窝
> 舌尖去舔野草尖上的露水
>
> 冲着集雨槽独自笑出声来
> 爱，从来就不限于人与人之间（4.2）

这种"不限于人与人之间"的爱，源于宗教，更源于人的心性。就此而言，罗尼像是一个朴素的哲人，令在一旁静观的诗人多有所悟："安静的时候／老罗尼给我指指天，指指地／／琢磨很久／方才明白：／／天堂万般美丽／你必须独守一份孤寂"（3.35）。

这就是咖啡园的主人老罗尼——"日子，地毯般铺在地上／罗尼赤着脚板踩踏"（4.42）。他并非不知世事，或者说，他也无法回避世事。只是，他有自己的态度：

> 清晨，罗尼用他的驼背抗住乌云
> "我知道他是谁"

在果园的最高处插上一面旗帜
上面飘扬着竞选者的头像

"瞧,这几对孪生兄弟"
"瞧,这几副厄运的脸"(1.31)

从罗尼极富隐喻、堪称经典的话里,我们也可一窥他的智慧与洞见。《咖啡园》还有一处写到罗尼与政治有关的一个举动:"把剩余阳光储藏起来/老罗尼挖一口地窖//不深不浅,地窖的四壁/挂满政客们的竞选海报//让他们日夜享用这温顺的光束/把太阳留给平民百姓"(2.27)。把太阳留给百姓,才有罗尼童话般的生活,才有《咖啡园》营构出的童话般的世界。

三

《咖啡园》写到了许多爱情。石栗的爱情:"每一颗石栗都想早恋/蝶不答应//蜜蜂们捷足先登"(1.40)。咖啡果的爱情:"殷红的咖啡果……早先的青涩/藏匿在初恋后的圆润之中"(2.26)。哈利与女朋友的爱情:"哈利带女友回到园中"(3.27)。甚至风的爱情:"风,多么纯净/不夹杂尘埃、不携裹沙粒//眼睛睁大看/丝绸般抚摸过叶尖//温顺地缠绕在臂膀与脖子上/飘逸成爱的样子"(4.19)……用诗人的话来说就是,"果园里堆满了爱情/像北方屋檐下堆满柴禾"(1.17)。在这众多的爱情中,唯独没有人的爱情。虽然有人给罗尼提亲,但老罗尼至今独身。不过,诗人也注意到了,罗尼虽然没有提到过一个"爱"字，但他的行为举止清晰不过地昭示我们，他是一个有爱的人。并且，这爱"不限于人与人之间"，而是泛爱意义上的发自内心之爱。

此外，诗人虽然没有说，我们却能够通过《咖啡园》的诗行鲜明地感受到，诗人对咖啡园的一切怀有深沉的爱。如前所说，这种爱大约发端于对陌生事物的惊喜、讶异，进而转化为书写和记录的冲动，最终才有了诗人在苏拉威西岛上与诗神的相遇。就此来说，《咖啡园》也是"爱"的结晶。

除了收获由异质性所带来的惊喜外，诗人在苏拉威西岛上也收获了许多快乐。否则，他和罗尼也不会——"他用手指比画/我用微笑比画"，就这样聊了一下午（3.2）。"罗尼的一个笑话/足以让奶奶的笑//暴风雨般横扫过来/我来不及躲闪//被欢乐淋成了落汤鸡一般/站在他们中间"（4.15）。这种酣畅、单纯的快乐，大约也是我们生活中久违的。

在描写和感叹北纬零点七度的咖啡园之美的同时，诗人也从中收获了感悟："想到苍茫/就去果园看海//近看悬崖白浪，远眺波影弧光/困了就嗅脚下泥土//直到苍鹰在头顶上提醒/天也茫茫"（3.9）。这种天地的苍茫感，在回国之后想起来，就更显得苍茫和邈远了。之道在《咖啡园》里好几次写到罗尼的记忆（或回忆），比如"风，趴在罗尼的肩上酣睡/记忆盘腿一坐，指指点点"（4.45）。如今，这记忆也属于诗人自己。通过那个通道，他一次次回到苏拉威西岛，回到那仿佛失落了的童话与"爱情"里。

前文曾述及，整部《咖啡园》分为四纪——最早的版本中是"四季"。将"季"改为"纪"，有何深意呢？如果说"（四）季"是表示诗人在苏拉威西生活的一年多时光，那么"纪"是什么？纪是地质学上的一个时间概念，一纪大约有几千万年。比如我们熟悉的侏罗纪，存在时间大约是 1.99 亿万年到 1.45 亿万年前，历经 5400 余万年；紧随其后的白垩纪，也即地质年代中生代的最后一个纪，则开始于 1.45 亿年前，结束于 6600 万年前，历经 7900 万年。每一纪的开始和结束时间，仅误差值就有几十万年到几百万年不等。学勘矿出身的之道，对此再清楚不过了。他用"纪"将《咖啡园》分为几个部分，是在暗示时间中那种亘古和永恒？如他所写，"园子里万物精准／唯独粗粝的时间码堆在一起"（4.6）。"粗粝的时间"也意味着时间的恒久，甚至对时间本身的超越，也即意味着永恒。一如园中的"童话"具有美的永恒性，罗尼的善与爱具有永恒性一样，诗人对这一切的诗性感知也具有永恒性。

对于长诗，我一直持保留态度。这首 1000 多行的诗，我却读得兴味盎然，意犹未尽。其中缘由大概在于每一节诗内在的完整、独立，以及每一节诗之间内在照应但相对松散自然的结构。它们共同组成了一幅马赛克式的"咖啡园"图景，却没有被强制性地赋予生硬的逻辑。相反，看似马赛克的咖啡园图景在他的描述下，显得格外纯净和通透。这是"爱情"的缘故？是的。每一首好诗，都是诗神的一次眷顾，是爱的蜜酿，是咖啡的苦后之余香。

六 故人·异乡人·幸存者
——读横行胭脂的诗

荷尔德林之后的诗人,似乎很难逃出"漫游者"和"异乡人"的宿命。约200年后,身处后工业时代的中国诗人更是如此。这一点,在女诗人横行胭脂身上体现得尤为突出。这位"70后"诗人多次表示——无论是在言谈中还是在诗中——她作为一个湖北人,是被"骗"到陕西来的。如她所写:"二十二岁 我把第一个男人带回家……//二十三岁……我坐上一列陌生的火车 逃离家乡//二十四岁至二十六岁 我辗转在甘肃陕西等地……"(《晚安,姑妈》)[①] 虽然这里的"我"不能简单地认作就是诗人本人,这里的叙述也不能简单地看作诗人的自叙传,但是在"逃离家乡"、辗转于外地这一点上,却不无诗人的身影。现实的情形是,横行胭脂从湖北天门老家来到陕西后,最终在陕西的临潼落脚,即便与带她来到陕西的男子分手之后,也没有离开,而是在这里深情地生活下来——虽然期间有许多病痛和挣扎。

[①] 横行胭脂:《这一刻美而坚韧》,作家出版社2011年版,第130—131页。本文下引该书内容,只随文注页码。

在横行胭脂的诗中，我们常可以看到这样一些词语：陕西、长安、秦岭、终南山、渭河、泾河、秦岭北麓的郊野、山林……乃至更为微观的地理——临潼、骊山东坡、迎宾路，等等。她有一句诗，径直就是按照"从小到大的顺序"排列的几个地名："开元小区，文化路，临潼，西安，陕西"（《我老了也是一个心事最重的老太太》，第128页）。就我有限的所见，横行胭脂是一个非常频繁地在诗中写到陕西——尤其是关中地名的诗人。想必，这与她个人生活空间的重合度较高，但又不尽然。也就是说，她对陕西地理的书写更像是有意识的——至少也是有着从无意识到有意识的自觉的。她的地理书写，不是空泛、宏大、历史、抽象的，相反，是日常、当下、具体而微的。她的写作让陕西的许多地理有了更为充实和现场的意味。

值得追问的是：她是如何做到这一点的？比如她与陕西的缘分，也即她说的"喜欢"——"我喜欢这里的每一个季节"，"我喜欢这里的每一天"（《我喜欢》，第48页）。虽然自称"喜新厌旧"，"在湖北向往异地。到了陕西，/还是向往异地"（《我老了也是一个心事最重的老太太》，第127页）。她却没有离开陕西，甚至没有离开临潼——"我的肉体寄居在一座叫临潼的小城"（《总会有人来爱我》，第159页）。以上种种似乎都能够说明，她对陕西的情感与认同。不过，稍稍留意一下，我们也会发现，她还写过这样的诗句："在陕西的风水里/爱异乡的另一个自己"（《我现在连一个病句都写不出》，第51页）。同样令人犹疑的是，后者能说明她与陕西的疏离与隔膜吗？

在我看来，上述两种貌似有些矛盾的诗句，实则表现了横行胭脂作为一个现代诗人非常真实的感受。具体来说，它一方面表现了作为"外地人"的她对陕西的感情；另一方面则显示了她作为一个诗人非常自觉的"异在"感。更不用说,她骨子里有那种决绝和彻底的精神——"一个人一生总得狠狠心/出趟远门,彻头彻尾地离开一次"(《什么都不必永垂不朽》,第12页)。

不过,我们下面将着重讨论的,除了这种具有宿命意味的"异乡"感外,还有更具中国性的"异乡"感。或者说,以具有宿命性质的"异乡"感为其底色的中国现实之呈露。其中,对土地极为矛盾的情感,就是非常突出的一点。以下面这首诗为例:

我喊一声父亲
父亲在湖北不抬头不应答
我的喊声很大
持续了好几年
他都没听见

父亲,我听天气预报了
明天气温开始回升
春天的姿态又将回到村庄
活着劳作着的一年又开始了
家园至上

我不用参与村庄的劳作
达到了当初摆脱泥土的愿望
我教育我的后代
也拿泥土来吓唬他们——
"不好好学习就种地去"

> 父亲，您的泥土
> 把孩子们都吓怕了
> 为了鼓励我们背叛泥土
> 您当初拿树枝来驱赶我们
> 走，走，走。使劲走
> 走得远远的，走到城市里去
>
> 父亲。这么多年
> 我多想亲近泥土
> 可我也害怕当年的泥土
> 黑黑的，没有神祈护的日子
> 从早到晚流着汗滴
> 野蛮地把所有的力气与岁月都交付出去
> 我害怕您和祖父他们一样
>
> 春天又回来了
> 您和泥土多保重
> ——《我在陕西喊父亲》（第46—47页）

这首诗分为6节，共30行。前3节，每节各5行共15行，后3节分别为6行、7行、2行，合起来也是15行。前3节与后3节，虽然行制不同，但是总行数一致，从而保证了整首诗内在的均衡与匀称。

第一节的5行，意思比较清楚。值得注意的是，实写中渗透着虚写。比如题目是"我在陕西喊父亲",诗的第二行是"父亲在湖北不抬头不应答",诗句承接、呼应着题目,一个在陕西,一个在湖北,当然不可能听到、抬头和应答,实中有虚。接下来,"我的喊声很大/持续了好几年"——这两行诗,如果说前一行会让我们以为是在实写,那么后一行就提醒我们,其实是虚写。这种虚写——在巨大的时空对质中的虚写,将"我"的喊叫和喊声放大了,几乎成了一种生命的呼告和呐喊。诗的张力就此拉开。

第二节,由第一节在巨大时空下的呼喊,转入了宣叙。诗的内在张力感没有马上升级,而是似乎松弛了。我们几乎有些莫名,抓不着重点。不要紧,看接下来的第三节:"我不用参与村庄的劳作/达到了当初摆脱泥土的愿望"。这时我们明白,第二节的重点在于,气温回升,春时来临,"活着劳作着的一年又开始了"。"活着劳作着的一年"开始了,"我"却没有参与劳作——请注意,这不是遗憾。诗中说,"我不用"参与村庄的劳作——"达到了当初摆脱泥土的愿望"。不仅没有遗憾,似乎还有些庆幸,因为达成了(摆脱泥土的)愿望。

不仅如此,"我教育我的后代/也拿泥土来吓唬他们——/'不好好学习就种地去'"。现在可以追问,上一行中"达到了当初摆脱泥土的愿望",那个"愿望"究竟是谁的愿望?"我"的,还是别人的?从第四节诗中,我们知道,是"父亲""鼓励我们"背叛泥土,摆脱泥土,而不是"我们自己"主动地想要背叛和摆脱。可现在呢?"我教育我的后代/也拿泥土来吓唬他们——/'不好好学习就种地去'"。完全变了,"我"已经完全站到了"父亲"这一边,或者说扮演着"父亲"的角色,来"教育""吓唬"自己的后代。

"不好好学习就种地去"——这句话对于出生于 20 世纪七八十年代的农村孩子来说,记忆太深刻了(横行胭脂就出生于 1971

年）——也许对于90年代以后出生的孩子，这句话依然部分有效，但是其力度和效度还是弱了不少，因为对于新的一代人，生活、工作的选择余地大大地扩展了，生存的空间不再那么逼仄。而对于之前的几代农村人，由于1949年以后形成的城乡二元结构，"不好好学习"就只能种地，或者搞一点副业，但是总体来说，就是被绑缚在土地上了，生活没有更多的出路。为什么前面说"不好好学习就种地去"对于20世纪七八十年代出生的两代农村孩子印象尤其深刻呢？因为之前的几代人，如20世纪五六十年代出生的人，他们在读书的时候，赶上了一系列政治运动，比如1958年"大跃进"，学校是停课的；1959年往后的几年，又赶上了"自然灾害"；还没有缓过来，又赶上了1964年的"四清"运动，紧接着就是十年"文化大革命"。所以说，读书作为生活的出路，在这近20年里，显得并不突出。不仅不突出，甚至是危险的，所谓"知识越多越反动"。只是在"文化大革命"结束之后，1977年国家恢复高考，通过读书、学习改变自己的命运，才成为可能。在恢复高考的时候，1970年出生的人，刚上小学。在此后20多年里，通过读书改变命运，是社会底层的人改变自己生活状况的为数不多的几条出路。20世纪90年代中期以后出现的种种变化和生活的新的可能性，都是后来才有的，在80年代和90年代初，也即70年代和80年代出生的两代人处于上学期间，还看不到更多的希望。于是，几乎每一个农村家长对孩子的教育和吓唬孩子的话都是"不好好学习就种地去"。在今天听来，一句非常简单的说辞，在那个时代则是非常尖锐的，带着强烈痛感，这是与一个人一生的出路、命运联系在一起的。

正因此，才有世世代代生活于这片土地上的父母，对于土地的情感发生了巨大的逆转，以"吓唬"以及近乎祈祷和"驱赶"的方式，希望自己的子女能够"跳出农门",离开农村。对于那个时代的中国人而言,跳出"农门"也就是跃了"龙门",像抓彩票中大奖一样,叫人高兴——终于有一个铁饭碗,不用再担心饿肚子了。这就是第四节所写的基本情形:

> 父亲,您的泥土
> 把孩子们都吓怕了
> 为了鼓励我们背叛泥土
> 您当初拿树枝来驱赶我们
> 走,走,走。使劲走
> 走得远远的,走到城市里去

对于这一事件的亲历者来说,它真实得现在想起来都叫人觉得可怕。不妨想象一下,一个父亲拿着树枝驱赶自己的孩子,叫他们"走,走,走。使劲走/走得远远的,走到城市里去",是怎样一幅令人揪心的情景。当然,"拿树枝来驱赶"很可能也是虚写,因为拿树枝驱赶一下,是不可能将子女赶到城里去的,它更像是拿树枝对子女进行抽打、教育,希望他们努力上进,通过这种体罚的方式,让他们好好学习,将他们"赶到"城里去。

这里,隐藏着一个巨大的悖论:父辈们驱赶子女离开农村,离开土地,仿佛那是一个地狱,而城市才是天堂。父辈们世代生活其中的农村和土地,是地狱吗?如果不是,为什么他们要驱赶自己的子女?在几千年中国历史上,从来没有要驱赶自己的子女离开故土的父辈,一般都是希望后辈子孙安其土,乐其耕的。他们对土地的情感也从来没有像这样既爱又恨的——爱,因为这是生他养他的地方,是故土,有乡情,有眷恋;恨,因为待在这里没有出路。所以,父辈们对土地的情感极其矛盾、复杂。土地并不是从来就如此的。如前所说,只是由于城乡二元结构的确立,农村才突然成了贫瘠的、底层的、愚昧的、无出路的和令人绝望的,而城市则意味着文明、富有、身份、希望等。于是,"背叛"泥土,"背叛"家乡,就成了生活的出路,这才有父辈们驱赶子女离开土地的行为。他们当然会为此纠结。不仅如此,被驱赶者,即年轻的、有机会离开家乡的人,实际上也会有纠结。因为无论走多久、多远,他们还是难免怀有对故土的眷恋的;因为那是生他养他的地方,构成了他生命的一部分。于是,或隐或显地,他们身上就背负了一个永生都无法解脱的十字架,甚至终生都怀着深深的负罪感。或者,就会产生第五节里所说的,既想亲近而又害怕的矛盾情感:

> 父亲。这么多年
> 我多想亲近泥土
> 可我也害怕当年的泥土
> 黑黑的,没有神祈护的日子
> 从早到晚流着汗滴
> 野蛮地把所有的力气与岁月都交付出去
> 我害怕您和祖父他们一样

"害怕"泥土,是因为害怕没有出路,害怕那种无以复加的艰难,害怕那种"黑黑的,没有神祈护的日子"。那些被绑缚在农村的日子,确实是"黑"的,看不到出路的,仿佛"没有神祈护"。这一节的后四行,"黑黑的,没有神祈护的日子/从早到晚流着汗滴/野蛮地把所有的力气与岁月都交付出去/我害怕您和祖父他们一样"——"您和祖父他们一样"是怎样呢？是"把所有的力气与岁月都交付出去"，也就是生命的结束，并且是以这种自我耗尽的方式结束的。这是"我"所担心和害怕的。

因此，才有了最后一节的问候："春天又回来了/您和泥土多保重"。"春天又回来了"，"活着劳作着的一年又开始了"，"您和泥土多保重"。为什么还有"泥土"呢？听起来，她仿佛是故乡泥土的一个"故人"，在问候父亲的同时，也一同问候了泥土。此外，也因为前面所说的，每一个离乡的人，都怀着对泥土的歉疚。

这首诗的第二节末行曾说，"家园至上"，然而离开家乡的人，早已在父亲的吓唬和驱赶下丧失了自己的家园。丧失了家园的人是什么人？是漂泊者、异乡人，或说"幸存者"，如诗人在另一首诗中所写："我是我的总和：故人、异乡人、幸存者"（《凡心已炽》，第75页）。在拿起笔直面自己灵魂的时候，这种"幸存"之感就更加强烈——如她所说："不写诗的时候/我住在我厚厚的躯壳里/吃饭，睡觉，做常人的事情/向活着屈服，甚至有些/贪生怕死"（《庄子的露水》，第81页）。

从艺术性上讲，这首诗不算横行胭脂最好的。但是，它非常准确地抓住了生命中的痛点，成为她的诗中非常锐利和深入的一首。在横行胭脂的作品中，类似的诗还有一些。比如《给父亲寄钱》，写年末了，"我"发着烧，排两个多小时的队，到邮局给父亲寄钱，寄完之后，"当我拿着收据从人群中钻出来/我差点哭出声来"，因为"就在我寄钱的这十多年/父亲尚住在汇款单的这个地址里"，而"母亲已经离开/继母接替她住下来"。短短几行诗，信息含量非常大，甚至足够写成另一首诗。最后，诗人写道："感谢我慈祥的父亲/还坚持在这个世上挺立着/接受我的一点薄物"（第80页）。这个"感谢"里的意味更是丰富，实在值得仔细体味。另一首前面引过的《晚安，姑妈》中，对"姑妈"的几处描写，同样立体而充满生命的痛感："姑妈　我生下来　因为是个女孩/母亲在月子里　你没给吃过一个鸡蛋//五岁那年　你带来一对夫妇//连哄带骗硬要把我'送出去'//……二十岁　你抚摸我的眉眼/说我一年长得不如一年好看//二十二岁　我把第一个男人带回家/你摇头　断定将来肯定要吃亏//……二十八岁　我抱着女儿在铁轨边坐了一整夜/黎明我给你打电话　你的哭声比我还大……"（第130—131页）。在几十年的时光里，"姑妈"变了吗？与其说她变了，不如说她的种种举动和表现是其非常真实的人性体现。这人性不是单面的、一维的，而是非常立体和丰富的，每一个都值得仔细咂摸。更不用说，在她的每一个举动后面，都有隐而不显的社会环境与背景的长长的影子了。因此，诗歌虽然只用寥寥几笔来勾画，却尖锐地触到了人性与社会细部的褶皱。

回到我们一开始所谈到的"异乡"感。从某种意义上说，《我在陕西喊父亲》一诗中所写的父亲，以及"我"对父亲的复杂情感，与诗中的土地以及"我"对土地的复杂情感，实际上是相互隐喻的——正如"我"回不到土地一样，"我"也很难作为"故人"再回到父亲的身边，而只能永远地成为"异乡人"。前面曾提及，《我在陕西喊父亲》呈现给我们的是一种更具中国性的"异乡"感，因为它是特殊的政策和观念所导致。跳出具体的历史社会语境，从更普遍的意义上说，成为背井离乡的人、无家可归的人、永远的异乡人，也是现代人的宿命。在前现代社会，故乡是人可以凭靠的一个家园，进入现代之后，这个家园就不复存在了，可凭靠的只有我们自身。换句话说，只有我们自己才是自己的家园。这是现代理念的成果,也是其代价。以此来看,横行胭脂对陕西的诸多书写,也可以看作对她的生活现场,进而对她自身的书写,因为她深知,"我是我的总和"。

七 写出孩童的纯真、良善与诗意
——读周公度《梦之国》

几个月前,在一个诗人的读者见面会上,周公度说起,他有一部儿童诗集即将面世。当被人问及为什么写儿童诗时,他回答说,因为总体而言,中国当下的儿童诗写得太糟了,他想做一些示范。口气可谓不小!不过,由于他的直率和认真,他的话赢得了欢笑与掌声。

现在,当看到这部名为《梦之国》① 的儿童诗集时,自然是满怀期待的。从头至尾读过几遍后,我要说,公度的诗配得上他的口气。他的确为中国当下的儿童诗做了某些"示范"。如果问,这些"示范"体现在哪些方面?我想,是在真善美上。

一

真善美,是人们说起文学艺术时经常提及的。对到底什么是真善

---

① 周公度:《梦之国》,太白文艺出版社 2014 年版。本文下引该书内容,只随文注页码。

美，又人言人殊。作为德国古典哲学的学习者，第一次听到公度说真善美的时候，和平时在别处听到一样，我怀着某种警惕。因为这三个字，从很多人口里说出来，不是沾染上意识形态的色彩，就是消费式的俗套之语，更或者，只是说者言不及义的说辞，他们自己也不当真。

当公度说，儿童诗应该体现真善美，并且进行一番解释之后，我信服了他的诚实与恳切。他说，真，是真实，真诚，儿童诗应该体现出儿童的天真和诚恳；善，是人性的良善和为人的善意，儿童诗应当表达出儿童的善意，更应当引导出儿童的善意；美，是童真之美、童趣之美，也是诚恳之美、良善之美，当然，更是美的事物本身之美。于是，我们从诗集中看到他以儿童的口吻写出来的孩童的各种情态：

难掩的欢喜——

> 吃了一块嘴甜的糖，
> 想告诉伙伴，
> 又不能说出来。
>
> 骄傲的心，
> 起起伏伏，
> 真难以对待啊。
> ——《唯一的糖》（第 27 页）

释然——

> 好想松开它，

却又舍不得。

旁边的孩子，
对我笑了笑。

我松开了呀，
快乐极了啊！
　　——《气球》（第 133 页）

委屈——

我看出来了，
有一万颗星星。

我在本子上画一个天，
用格子画很多线。

我要在妈妈道歉前，
把星星数完。
　　——《一万颗星星》（第 21 页）

倔强——

小狗
你怎么了？

爸爸刚打了你,

一转眼

你就忘记。

你的哭声,

还在我眼前

晃耀呢,

你已经卧在

他的脚前……

我才不要

学习你。

——《小狗》(第 97 页)

"忧烦"——

爸爸出差去了。

不能望星空,

也不能想着它。

想着它,

再想爸爸,

心里乱如麻。

——《望星空》(第 12 页)

善意——

　　我要写张小纸条：

　　伙伴们，
　　吃不完的零食，
　　请你挂在树上。
　　放太低了，
　　长颈鹿，
　　它够不着。
　　　　——《长颈鹿》（第9页）

同情——

　　阴天的云，
　　藏着可能的雨，
　　乌灰乌灰的。

　　它的长相，
　　又笨又重，
　　虽然走得那么快，
　　人们还是骂着它。

　　……
　　阴天的云，

你难过的话,停下脚步,哭一会儿吧。

　　　　——《阴天的云》(第82页)

想象与乐趣——

　　我在纸上画妖怪。

　　眉毛比腿粗,
　　鼻梁有腿长,
　　耳朵像海带,
　　眼睛像锅盖。

　　一天没画完。
　　晚上梦见大妖怪,
　　嘟嘟囔囔来责怪:
　　画得都挺好,
　　嘴巴在哪儿?

　　我在梦里哼一声:
　　"在纸外!"

　　　　——《妖怪画像》(第156页)

微妙的心绪与情愫——

　　小松树,

>   我喜欢你，
>   不管别人怎么说你，
>   你都不言不语。
>
>   我喜欢你，
>   想抱抱你。
>   ——《小松树》（第8页）

这个"诗单"几乎可以无限地列举下去。不过，相信上面显得烦琐的引证，已足以说明问题。从这些诗行里我们感觉不到造作，也读不出由于成人对儿童心理的疏离而产生的隔膜。相反，我们几乎会有一种错觉，以为这些诗行，真的出自一个孩子之口，是他（她）的心声的真实流露与呈现。

可以想见，诗人在写下这些诗行的时候，是将他自己"降"到了孩子的高度，通过自我调整，以孩子的眼睛来看，也以孩子的心来感受。也就是说，他是——借用沈从文的话——"贴着"孩子的心来写的。也因此他最终以真诚、真切的笔触，写下了孩子的心声。

二

不仅如此，所有这些诗行都体现出一种孩子式的天真与单纯——即使在描写孩子的一些矛盾和复杂的心理活动时，其所写也是孩子式复杂的单纯，最终还是归于烂漫、无忧的天真。因为真和善，它们才显现为美；更因为出人意料的天真与单纯，带给人惊讶、惊喜，它们才显现为美的。不信请看《哭》:"这么晚了,/爸爸,/你在哭什么?//你的哭声,/好像咱家的/小狗啊!"(第5页)真是让人讶异,不知该笑,还是该哭。

还有《苹果里的虫子》,作为孩子的"我",不是像成人通常在生活中所表现的那样,恨虫子咬坏了苹果,而是问,"你闷不闷呀?……你想妈妈吗?/她在哪儿呀?/你的妈妈,/在另一个苹果里吗?"于是,"我小心翼翼地/又切开了——/一个苹果。/苹果有点儿坏了,/你们快见面吧。"(第15页)不仅写出孩子不同于大人的心理与心境,更为珍贵的是,写出了面对苹果的被咬坏和希望虫子与妈妈团聚这两者之间孩童的思维和孰轻孰重的判断。这种判断是一种出自天真的善意。它们都构成了对成人思维惯性的反拨与重审。

说到善——善良、善意、善心(更或者说是恻隐之心),这部诗集对善的描绘和揭示,是公度儿童诗中极为亮丽和出彩的一笔。比如前引的《长颈鹿》。又如《乡村车站》:"麦田的另一头,/乡村公路的中间,/是乡村汽车的站牌。/生了锈斑。/它的不远处,/是一株大大的桐树。/繁茂的枝干,/胖胖的树荫。//人们站在树荫下/等候汽车。/没有人愿意站在孤单的站牌边。//只有我,/我在夏日的阳光中,/站在破旧的/它的身边。"(第170页)"司机""恨不得停车拔掉它。/我看着它,/想亲亲它"。将一个孩子对乡村汽车站牌的"同情"感描绘得准确、适度,令人难忘。《砍树》一诗更是把孩子使用筷子时想起木头被砍时所感到的"紧张"心情写得淋漓尽致:"我听见了,/'砍砍'的声音,/是小树发出的。//好像咬着牙,/发出——/唉哟、唉哟一样。//从此,/使筷子的时候,/好紧张啊。"(《砍树》,第96页)

再比如写"我"的起于"打架"而终于"劝架"的心理活动,

读来让人在忍俊不禁的同时，又陷入思考："摩拳擦掌，/兴冲冲去打架。//到了场地，/心里有点胆怯呢。//想一想，/我还是劝架吧。"（《打架》，第 71 页）诗中的"我"由"怯"而生的"劝架"之想，并非蛮横者所谓的"怂"，而是诗人从幽默而启发和转化出的平和与良善。

这样的诗，由于写出了孩童式的天真和奇思妙想，读来既让人觉得真实可信，又感到意趣横生。此外，也因为诗思的巧妙，将一些观念或思想以极为艺术的方式，委婉曲折甚至幽微地通过诗意的发现与描述呈现了出来。就此而言，它们都是出色的"示范"之作，一方面校正着成人的自以为是，甚至错误的观念（包括以为孩子的内心远没有成人的丰富、细腻）；另一方面没有空话和说教，却让人读来难忘。同时，在这种萦怀的心绪中，读者的行为有所更张和变化。所谓诗具有曲意洗心的教养功能，正是这个意思吧。

而《拉小猪的车》写小猪和老猪挤在一起，司机则在驾驶室里吹着口哨，路过的孩子看到了，心里想："那些很老很老的猪，/是小猪的爸爸妈妈吧？/小猪在爸爸妈妈的怀里，/听着胖司机的口哨，/也就不害怕了吧？"（第 19 页）这般猜想和疑问，是孩子在心里对自己提出的，又何尝不是对大人们提的？任何一个认真面对如此疑问的成人，都能够轻松地回答，并心中释然？而像《妈妈的信》，不仅是写给孩子的，同样也是写给大人的，无论小孩还是成人，都能从中读出不同的意涵，甚至成人读来，会更有味，更动容。从这个意义上说，公度的儿童诗，并没有因为是"儿童"诗而自我设限。也即在这些诗里，其实隐含着巨大的遐想、思考和心智成长空间。

三

除了真与善外,如同上文已提及的,对于儿童微妙感受的书写,是《梦之国》对于当代中国儿童诗的另一重要贡献和示范之处。当然,它们同样体现出诗人的想象和洞察力,体现了诗本身的诗意之美。《唯一的糖》对"我"的"骄傲的心"的发掘,《望星空》对一个孩子想念之情的描绘,都是如此。此外,像《公正的山神》:"我没有攀折,/任何一棵小树。/山神,/你可不要,/让我跌跤啊。"(第78页)——写出一个孩子的单纯、敬畏和稍稍的不安。或者,为了攒到更多的泪水,"想让妈妈下次,/打我狠一些",以便去"告状"(《攒泪水》,第25页)。如此不易为人察觉和捕捉的心理活动所表现出的诗意,恐怕只在孩子那里才有。由于诗的节奏和叙述的语气,无论读者,还是诗中的"我",恐怕都不会将其作为愁惨的事,而是相反,会作为带着些赌气的好玩的事来看待。

很多时候,在成人看来微不足道的事,对孩子来说,或许就是天大的事,会让他心里"起伏""欢喜"很久,就像上面吃糖、害怕跌跤和攒泪水这样的小事,也如同下面"撕日历"这样的小事:"经过了几次申请,/撕日历的事情,/终于交给我来做了。//每天早晨,/我对着它/'嗯!'一声,/撕掉了昨天。//我把它们,/一一抚平,/小心攒起来。//一个又一个的昨天,/在我的抽屉里,/我好喜欢它们啊!"(《撕日历》,第118页)更为复杂的心理活动,则通过悖论和矛盾体现出来:"很多恐怖的故事/都很可怕,/但我听了,/还想听到它。//老师训人时,/眼神也很可怕。/求求菩萨,/不要让我再看

见吧。"(《恐怖故事》,第 35 页)

如果说吃糖和撕日历体现出来的是难抑的骄傲和欢喜,那么对恐怖故事的既害怕又想听,所传达出的则是人类的某种共通性。让人难以释怀的是《恐怖故事》的后一节:"老师训人时,/眼神也很可怕"。同样是害怕,后一种害怕却再也不想看到。(对于诗人,他写出了孩子的心声;对于作为读者的孩子,这几句诗写出了他的心里话、他的感受;那么,对于读到这首诗的成人呢?)

另一些看似平淡的心绪,同样意味深长,充满诗意。比如对风的感知:"我,感到了,/有一阵小风,/正在走来。//已经越过了山岗。/我,张开双手,/等着它们。"(《一阵风》,第 58 页)和莫名地想抱一抱树(《小松树》)一样,对一阵风的感知,也是诗意的。一个感知过风的到来的童年,是有幸的。经由诗的提醒,去感受风的到来的童年,更是可幸的——因为它扩张了我们的诗性生命。

公度的诗一向写得轻快,爽利,微妙无比。《梦之国》很好地继承了这个特点,大都篇幅短小,读来轻松愉快,而又余味无穷。

长期以来,公度都以极大的热情,保持着对儿童诗长期的关注——它们是他倾心关注"小事物"的体现与延伸。他曾非常内行地说,儿童诗与少年诗不同,也与童谣不同,不容混淆——有的儿童诗写作者,终其一生都不见得对这些问题有过自觉详细的分梳与思考。有此情怀,有此思想上的辨析和准备,能写不出好诗?

最后,值得一提的是,这部诗集的装帧优良,由周雅雯女士所配的插图,尤其出色。这些插图既与诗相配,又以另一种方式描绘、阐发和扩展了诗。它们既现代又写意,既色彩明丽、笔触简洁,又富于想象、意味深远,配在诗中,可说是相得益彰,互为照亮,共同描绘出了"梦之国"的瑰丽与诗意。

八 水气·绮思·女性意识
——贾浅浅诗歌读后

几年前,读过浅浅写父亲的散文,文字平易、畅达,给我留下不浅的印象。如今,意外读到她的诗集,着实感到惊讶。

浅浅提笔写诗不过一年多光景。在这么短的时间里,就完成了一部诗集,可见她的写作热情之高涨,灵感与激情之迸发。写诗,除了自身的勤奋之外,有时真少不了上天的眷顾。这一点,在浅浅身上格外令人注目。细读浅浅的诗,不仅让我对在散文中短暂遭遇过的她,有了新的认识,也让我得以对原本陌生的她有了几分切近的观察。不过,这观察似乎并没有让我将她看得更清楚,相反,却在诗行所带来的惊喜之外,令我生出不少眩惑。诗中的她,仿佛河流中的浪花,身形无数,色彩斑斓,每一个都是她,又不全是她——至少不是她的全部。

一

中国历来以秦岭为界划分南北,照此来看,浅浅可算是南方人——她的老家在秦岭南麓。虽然在秦岭北麓的关中生活多年,她的诗行却处处昭示着她是地道的南方人,身体里流淌着南方的血液,诗行中透显着独属于南方的灵秀与水气。

浅浅的诗极少写到她生活其中多年的城市、平川,更不用说北边的黄土高原了。几乎本能地,她避开了那些"宏大"的叙事,将笔触伸向自己的内心、想象及可欲之物——比如大海:"在薄雾淹没的海上/一个人只身前往/一个人去相遇/沉睡在黑暗中的灯塔"(《第一百个夜晚》)[①];"给自己/一首诗的时间/翻开本子/用一支蓝色的水笔/漫出一片海/里面长满了/五颜六色的/珊瑚和小丑鱼"(《午后时光》,第129页);"我正在大海上漂泊/来看我的时候必须乘船/那里有浪花做的悬崖/会拍走守护渔船的灯塔/请不要打捞有关我的记忆/它正在鱼鳞般的海面上/化作比大海更深的蓝"(《海上》,第23页);"我潜入海底去看海/不是为了把灵魂融入辽阔的大海/只想以水的身体,依偎在你/波涛汹涌的怀里/以爱与自由之名,日夜不停地潮汐"(《潜海》,第29页)……

她的内心似乎被大海的广阔与流梦久久地充满、占据着,以至于一落笔,就会不自觉地写到它。如此频繁地、几乎无意识地写到海(及其相关物,如薄雾、灯塔、珊瑚、渔船……),是由于置身"内陆深处"的诗人源自心底的某种补偿性渴望,还是由于她生命基因中天然携带的南方气质所致?抑或兼而有之?无论如何,对于生活在西部的浅浅,大海是遥远的。

按说,一个写作者最方便写到的物事,会是其熟悉的生活,以及

---

① 贾浅浅:《第一百个夜晚》,长江文艺出版社2018年版,第32页。下文引自该书的内容,只随文注页码。

生活中最常见的种种。如果某些事物距离写作者的生活较远，在其下笔之际，很可能会无从想起，即使想起，落笔成文也可能会显得抽象。浅浅却似乎打破了这一"定则"。虽然距离大海遥远，她却不仅能够写出其丰富的动姿，而且在更为广泛的意义上将海的相关物——从水面、海豚、鱼鹰、泡沫，到鱼卵、池塘、蘑菇、青蛙……总之，这些挟着水气的、潮润黏湿的物事，都调动起来，魔术一般，妥帖地安放在她的诗中。"我的心里……养着的那只海豚/一直没有游到彼岸"（《小庙》，第14页）；"傍晚，鱼把那朵睡莲咬断了"（《睡莲》，第65页）；"困意是泥塘里的蛙/正说着半明半暗的话"（《回忆》，第230页）；"当海龟/咬下天边最后一朵云彩/……我开始为你写诗/在柔软的水下/人鱼般/我翻转着身子/吐出一串串水泡/把它印在我的指上"（《6月9日》，第123页）；"那些长在大树底下的蘑菇/像包着糖衣的忧伤//泡沫像白色的鱼卵/布满了鸟儿翅膀下的山冈……//梦要醒了，望着你的幻影/我在水面抄写着一张无价的药方"（《实验》，第21页）；"像鱼鹰的翅膀掠过水面/那些吻，给了我春天的容颜//而我像一棵皂角树伸向天空/上面挂满了/风中摇晃的群鱼"（《那些吻》，第24页）……

这些诗行之令人惊讶，不仅在于它们出自一个距离大海很远的"内陆"写作者，而且在于它们所触及的海的相关物之丰富。它们透着氤氲深沉的水气，也显示着诗人内心深处闪烁迷离、引人入胜的某些面相——很可能，它们内在地关联着。阅读这些诗句，我们不难确信作者丰盈瑰奇的想象和内在的创造力。困难只在于，我们无从了解、把捉诗人的内心——就像无从把捉一条在深水中欢腾的鱼儿，无从对这种内在的创造根底探知个究竟。

虽然如此，浅浅的写作还是会叫我们情不自禁地想一个问题——

套用沈从文的话——"一个人的写作与水的关系"。如果说沈从文的写作与水的关系表现为水对他的感知,人性与良善的催生与滋养,那么浅浅的写作与水的关系,则体现为水的灵动、神秘乃至诡异,这些在她的诗中如细浪般翻腾着。

二

浅浅的诗龄虽然不长,并且是在其生命的"后青春"期才开始写作的,但是从其诗行来看,她的写作储备却是非常可观的。尤其是源自生命的那份滋养之丰沛,浸润之深沉,甚或说,她的生命之气的淋漓,天真之气的葆足。否则,在其而立之年以后,盘桓于工作和家庭之间,如何能够气定神闲地神往现实之外的另一个世界?又如何能够一往情深地投身其间,开掘自身生命的纵深?

作为一个诗人,浅浅的幸运与优长,在很大程度上在于她能够于日常的琐碎之外,开掘内在的潜力,从自身内部生发出新的可能,凭借自身的丰盈,成就诗思的巧妙。比如《雨》:

> 雨是季节的祝词
> 当它降临的时候,所有的一切
> 都成了容器
> 成了伸向天空的大大小小的凹字
> 仿佛在宇宙中的最深处
> 寂静摇响了铃铛(第50页)

整首诗短小简劲，充满着出其不意的想象与灵动，近乎完美。而诗人的妙想、奇思，常常不止于此。不信请看："我知道：当一棵树/弯下腰来，深情地爱上我的时候/我一定美得像不会凋谢的花朵"（《院子里的一棵树》，第 51 页）；"无聊的时候/趴在桌上/用一根指头/伸进水杯/打一个漩涡/在桌子上/画一只毛茸茸/的小狗/两只长长的耳朵/耷拉在眼睛前/'汪'的一声/咬着你的手指/如抛出的飞碟般/上蹿下跳/忽然，你的鼻子/奇痒无比/从天而降的喷嚏/淋湿了这只顽皮的小狗/瞬间化成一摊水/面巾纸急急忙忙/赶到现场/俯下身去，想要用/大大的裙摆遮住/刚才发生的一切/那些淘气的水滴/如交头接耳的消息/迅速爬满了她的身体/湿漉漉的面巾纸/像是被人剥去高贵的大衣/裸露出薄如蝉翼/春光乍泄的睡衣/'啊'的一声/害羞地趴在桌上/缩成一团/于是你把面巾纸/拿起来/放在手中/撕成条状/认真地贴在/鼻子下面/对着循规蹈矩的钟表/吹胡子瞪眼"（《时间·其一》，第 115—117 页）。这种通过极为个人化的视角对日常"无聊"瞬间的把握与重塑，很能看出诗人以意逆志的创造能力。

如果说《时间·其一》是想象的藤蔓攀缘着日常的树骨，对其进行的"修饰"与"改写"，那么下面这首诗就更像是想象借着日常跳板的腾跃与飞升："黑色，散发着/龙舌兰的气息/我盘坐在/夜的最深处/开始聆听/我的头发如蛇般/扭曲生长/四面八方/蛇信般的发梢/舔舐着夜的味道/我听到/头发搅拌夜的声音/温柔而细碎/我开始哼唱/我唱到了山/脑后，一股如手般的长发/卷起了/一只正要爬进洞的蜥蜴/我唱到了山上的天/那只盘旋在天空的鹰/静静落在了/我右侧，高旋而起的头发上/我唱到了山下的海/那波浪之上/嘴里紧紧叼着/鱼儿的红面鸭/弯曲着脖子/缓缓浮在了/我左侧，托起的头发上/我唱到了太阳/一缕头发伸过来/遮住我的右眼/我唱到了月亮/又一缕头发伸过来/遮住我的左眼/过了很长时间/遮蔽我双眼的两股头发/慢慢融合,卷动/成为镶嵌着/日月的太极球/而我的双眼/始终没有睁开/那只画在我眉心/竖着的眼睛/透过黑夜/望着你"(《我的夜》第120—122页)。这些诗行所透显的,不仅是诗人的巧思,而且是她的奇思,乃至兴会之神思。面对这样的诗,我们不禁疑惑,若不是神助,如何会有这般瑰奇、绮丽得有些叫人莫可言说的诗思?若不是天生鬼才,如何能够写出这般任情使性的诗作?

及至看到以下堪称精绝的诗行,在错愕之际,我们或许只能久久地失语了:"她的笑是装在衬衣的每一个蓝色格子里"(《给——的诗》,第58页);"我回顾你昨晚的微笑/像捡拾了一把白鹤草"(《回忆》,第230页);"田野上的麦子在吮吸着风/蝴蝶飞回来的时候有些咳嗽"(《田野》,第231页);"它的影子里,总有一只猫/用老虎一样的尾巴,敲打自己春天的叫声"(《合欢树》,第62页);"你的话/像滋滋冒烟的鹿肉/在茫茫的大雪深处/如一棵树长出枝桠/伸展到我面前"(《谜面·其一》,第215页);"我对着夜晚哭泣/泪水挂在它的脸上/像蓝鹊站在枝头/拍翅而起/落下的一根羽毛"(《心事》,第173页);"满屋子的夜/黑得吓人/捏一根火柴/在夜的脊梁上/轻轻划过/火花便在黑暗中/独自闪烁"(《燃香》,第69页);"夜夹杂着梦/像穿着长袍的长者/在山林间穿行/我看见他的时候/他正让一棵一棵的树/对着月亮/喃喃自语"(《山林间》,第224页);"临近傍晚/风把你的名字/拆成一个个细碎的笔画/融化在暮色里/在高高的山顶/我看见鱼鳞般的树上/正爬过一群蚂蚁"(《风景》,第218页)……

相信不少人和我一样,读到这样的诗句,都会深深地被惊到。之所以如此,是因为诗人的奇思,也是因为这些奇思的特殊指向。无论装在衬衣蓝色格子里的"笑""鱼鳞般的树",还是"喉结深处的火焰",抑或"你的话/像吱吱冒烟的鹿肉""让一棵一棵的树/对着月亮/喃喃自语",都会因为自身的新奇、诡异而令人深深地诧异。

如果说上述诗行只是警句式的奇思,那么《紫杉》就是由奇思所构成的一首近乎完美的代表性诗作:

> 杜鹃花遍山开放
> 零星的紫杉在黄昏时打了欠条
> 它们在天空上写道:"村民上山,
> 树皮被剥,树命贱于人命。
> 天寒、虫害。租白云裹身,欠溪水两条……"
>
> 我已经没有闲情观山望月
> 只想日后托生虫羽
> 也像紫杉一样,向人世打个欠条
> "地冷,人薄,我欠下的情诗
> 香槟与书稿,就让我永远欠着!"(第41页)

这些瑰奇的想象,仿佛来自天空的高远与无限,来自大海的辽阔与神秘,来自布满雾气的山的深邃与莫名,留给我们几乎带着些醉意的炫惑与沉思。

相比以上的瑰奇之作,另外一些短诗,如《云》《闻香》《弯刀月亮》也非常精彩。而像《湖水》《今日》《山林间》等诗作,看似平淡,实则独异的元素隐约其间,仔细吟咏,不难感知其悠长的意味和余响。

三

作为一个诗人，浅浅由于其几乎天生的水气，个性就显得格外多姿与不羁。后者诉诸诗思，则展现为出人意表和难以捉摸的奇异与精怪。这种不羁在情感表现上，同样有令人意外的绮思、大胆——这倒与乃父有些像。这些特点的呈现与性格有关，或许也与时代有关。不同的时代背景会产生不同的情感样式；同样的情感在不同的时代中，也会以不同的方式来呈现。可以说，浅浅的部分诗作，在相当程度上体现了新时代女性的一些特点。

"你把我压扁/搓成细条/塞在你零碎的/时间表里/想起来的时候/展开躺上去/眯着眼睛，望着天/逗弄着身边的狗"（《时间·其二》，第117—118页）。其中，不仅"你把我压扁/搓成细条/塞在你零碎的/时间表里"，带着某种决绝的新意，而且"眯着眼睛，望着天/逗弄着身边的狗"也是新的，它书写着某些都市女性的共同征象。这种新时代的情感形态有着新的诉求。虽然乍一看仍是"小女子"式的，性质却发生了微妙的变化——其中包含着现代女性自觉的生命意识和自我意识。

在这种生命自觉的推动下所写的爱情诗，即使表现着自身"小女子"的情愫，也会写得别致，充满现代感。比如"你说，我喜欢那个夜色中的椅子/它像一万个吻/而我更喜欢那晚的椅子腿/它在把大地的声音传向你我/让我们像两只瓢虫或是蚂蚁般/密谈和恋爱"（《椅子》，第138页）——同样是爱情诗，这里的质地与传统的爱情诗是多么不同！还有前文引述过的《潜海》，虽然还是"想以水的身体,依偎在你/波涛汹涌的怀里",却是要"以爱与自由之名"作为前提和限定(《潜海》,第29页)。

在另一些情境下,这种情感借着奇思与妙想,更是呈现为颇具"震惊"效果的新样貌:"咖啡馆里打蔫的/紫罗兰,用漂浮着的音乐/在我手心里搓着绳索//一只蜘蛛沿着绳索/悄悄爬向你……如果/此时你也恰好在想我/蜘蛛会迅速地爬回……//如果此时你的心里/没有装着我,蜘蛛会把自己的腿/一根根折断……"(《蜘蛛与紫罗兰》,第26—27页);"想你/用脚趾头想你/用脚趾头使劲地/抠进地板里想你/并且从小腿一路向上蔓延/像攀登珠穆朗玛峰/氧气越来越稀薄/海市蜃楼般/我的心跳越来越快/一切的感官/都交叉在双腿深处/她的每一次颤动/都像是对你献祭的波浪/把我向你推去"(《想你》,第205页)……诗中的情思,带着强烈的"任性""顽劣"、孤绝与率真,无论诗中的因素还是书写的程度,在此前的女性写作中,都是罕见的。这些诗行从表述到观念都极具当代性。

按照女性主义的观点,女性写作的一个重要特征,是女性将自身独立于男性的性别意识之外。但是,女性与男性只有这种紧张关系?除此之外,有没有新的可能?浅浅用她的诗做了出色的回答。与"阁楼上的疯女人"式的控诉截然不同,我们在这里看到的是,两性之间天然的吸引与谐和:

乳房上
无数的蚂蚁
来此做过记号
上面写着:
"这里有水源

丛林、面包屑和浆果"
等它们走后
我悄悄喊你
一口吞掉
——《标记》（第 227 页）

这首诗充满着奇思与妙想，充满着俏皮与诱惑，是标准的"身体写作"。只是其中的旨趣，与此前的"身体写作"大不相同。它没有将男女两性简单地对立，也没有凸显两性间的冲突与紧张，更不是标榜某种女权的姿态，而是在某种甜蜜"命令"下的"共享"与"合谋"。这里的女性是主动的而非被动的，是两性之间"游戏"的掌控者而非被操控者。它表现出两性之间某种微妙的平衡、对等与谐调，同时又与传统式的依附与顺从相区别。

在《山泉边上》，这种谐和上升为一种两性的嬉戏与欢愉、诱惑与邀约："悄悄地拨开树叶/撩你一身的水/等你转身的时候/我站在山泉边/用肌肤的每一个毛孔/每一个像蜂巢一样的毛孔/向你张开/那里藏有我酿给你的蜜/亲吻我吧/就在山泉边上/享用你的蜜"（第 213 页）。诗中的"我"，同样作为女性，丝毫不是被动的，而是有着自觉的女性主体意识。在这样一场私密的"游戏"中，"我"是游戏的唤起者，是召唤和"诱惑"的发起者，是主动地享用与领受爱意者。这样的女性角色，在现代以来的女性文学形象谱系中，既由来有自，又多有突破，因而有着自身的位置与价值。其最可称道处在于，打破了之前的两性对立模式，同时又以其独异的写作，虽然暗示着两性的圆满，却没有因此落入惯常的圆满书写中。

在另外一些更为直接地书写身体经验的诗作——如《幻觉》《想

你》《我有些激动的想要叫醒黑夜》中，我们看到其中的"我"，一个女性主体，不再是被动地作为快感的客体出现，而是作为享受生命高峰体验的主体出场。她真切地体验并袒露那种"在爱得死去活来时/也没有死"（《月亮》，第28页）的快意与餍足，"幻觉"与"梦境"。这种颇具自白性质的率性与真实，应该说在当下的女性写作中并不鲜见，但是少有表现得如此大胆，充满欢愉和享受的。这样看似不羁的写作，其实不过是对自身经验的忠实。当下的写作实践证明，要做到这样的文学上的真实，也不算太容易。就此而言，浅浅的诗作不仅突破了由写作者自身观念而来的藩篱，也消解了女性主义者时时担心被压迫的过分紧张和焦虑，因此拓展了当代女性写作的新的空间。如果说，浅浅的此类诗作还有扩展和提升的余地，也许像莎朗·奥兹那样，在写与性有关的话题时，带入一些智性与思辨、旁观与静守的观照，是个不错的选择——尤其是像她在不惑之年出版的诗集《生者与死者》中所写的那样。

作为补充，或许还可以加上浅浅父亲的几句话。后者在长篇小说《高老庄》的后记中曾说："我是陕西的商州人，商州现属西北地，历史上却归之于楚界，我的天资里有粗犷的成分，也有性灵派里的东西，我警惕了顺着性灵派的路子走去而渐巧渐小，我也明白我如何地发展我的粗犷苍茫，粗犷苍茫里的灵动那是必然的。我也自信在我初读《红楼梦》和《聊斋志异》，我立即有对应感，我不缺乏他们的写作情致和趣味，但他们的胸中的块垒却是我在世纪之末的中年里才得到理解。"[①] 在性灵派之外发展自身的"粗犷苍茫"，也是浅浅在走向不惑之年后需要有意识地发展的。

---

① 贾平凹：《关于小说》，生活·读书·新知三联书店2015年版，第102页。

浅浅诗中的水气、令人意外的绮思和女性意识，只是她的诗中比较突出的一部分特质。虽然浅浅的诗歌写作还在不断铺展和生长，但是从这部诗集来看，她已具有了自身的面目和特点。从她的诗中可以看出，她的写作常常受惠于某种受到启示般的灵感状态，或者情绪高涨的激情状态。有时，由于诗情和情感太过汹涌，以至于难以自已，呈现在诗作上，就显得缺乏必要的节制与打磨。有时，在面对诗的简省与协调、诗的句与篇之间的平衡与照顾等问题时，会显得有些吃力。从根本上说，这种情形是每一个写作者（包括成熟的写作者）都会遭遇，又不得不面对的。这是诗艺的艰难之处，也是诗意的高贵之处。相信作为写诗"新手"的贾浅浅，在以后的写作中会越来越体会到，诗是灵感与激情的产物，也是需要耐心与经验不断打磨的手艺，从而在写诗的"平衡木"上走得越来越稳。

下编

九　葳蕤的生长！评判的可能？

——"2016·陕西80后诗歌大展"印象

2016年，由诗歌网和《陕西诗歌》杂志联合主办的"陕西80后诗歌大展"[①]，据说是对陕西"80后"诗人这一特定群体的第一次"集结"与展示。如此大型的活动由一个民间团体来做，既让人感慨，甚至唏嘘，也让人振奋。民间的力量从来如此，直接、正面，讲求效率，稳实可靠。

这样的"诗歌大展"，来得正逢其时。如果以35岁作为"青年"的上限，1980年出生的诗人们已经进入他们的"后青年"时代，是该回顾和自我审视一下了。更不用说，早从前几年开始，"90后"的更为年轻的写作者就已经开始崭露头角，"逼"得"80后"不得不面临"前后夹击"的态势。笔者作为"80后"中的一员，同样面临着这样的"节点"问题，不得不带着感慨与警醒，总结并承认——套用一句流行的话——"活着活着就老了"。

然而，这种回顾和省察以个人的方式进行自我审视，固然无不可，甚至是必需的；它随时随地都可以进行。但是，要求更为客观一

[①] 参见《陕西诗歌》2016年第3期。

些的、以"他者"的方式对一个群体做出评判,如何可能?具体实践起来,更有着重重困难。比如,何谓"陕西诗人"?虽然主办者将其范围划定为本省籍,或外省籍而主要在陕西从事诗歌创作与活动的"80后"诗人,但是有些陕西籍而在外省(临时)工作或定居的诗人也参与了进来,并且成为一支不容忽视的力量。它们丰富着陕西的诗歌面向,不仅使我们无从拒绝,而且觉得极为必要。更不用说,由于现代生活变动不居,和许多人一样,诗人们如今也面临着今天在此处、明天就有可能去他处的境遇。这些都为"陕西诗人"的边界划定带来了一定的难度。再比如说,"大展"在什么意义上反映了陕西"80后"诗歌的创作面貌?从参与者来看,是否囊括了陕西诗歌的全部力量?(平心而论,类似的"大展"很难做到"一网打尽"。但是反映一个总体性的面貌,哪怕并不全面,应该说还是可能的。)

从诗歌内部来说,有效的评论不仅要求对所评论的群体相当熟悉,还要对这个群体的外围状况(比如外省的状况,比如"80前""90后"的情况)有相当把握,最好还能了解一些个人的状况。此外,也是最重要的,还需要有对诗(不是某一派诗,而是风格和类型多样的诗)的判断力。所有这些对于像笔者这样一个已经不年轻的"年轻人"和"嫩手"(fresh man)来说,都不无困难。

有些吊诡的是,这似乎又是一种"诱惑":正因为不了解,所以不该放过这样一个机会;正因为是"新手",所以更应该多加"操练"(熟悉的朋友都知道,笔者的多数"评论"文字,都是个案分析,极少宏观的考察,就因为所见不多而又"手生")。以鄙人之意,一直私心里觉得,宏观的文字应该由经验丰富、意见沉稳的批评者来写。类似的事于笔者,似乎多有不相宜。虽则如此,面对"80后"的诗歌现状,又觉得义不容辞。于是,虽然自知不称职,但还是勉力为之。最终的结果与其说是"评论",不如说是印象、感受、期望和共勉。

因为所谓"评价",面对年轻诗人,几乎是不可能的。我们常说"后生可畏"。对于年轻的诗歌写作者,谁也保不定他们明天会写出什么东西来。当然,也可只以写出来的作品为依据,做一些评判。但是新的问题又来了。比如,此次"大展"中所"展出"的作品,在每个人的创作中占据什么位置?它们在多大程度上能够被称为"代表作"?能够真实地体现每个创作者不同的创作实绩与水准?这些都是有待深察的问题。

钱锺书在《宋诗选注》"序"中曾说:"在一切诗选里,老是小家占便宜,那些总共保存了几首的小家更占尽了便宜,因为他们只有这点点好东西,可以一股脑儿陈列在橱窗里,读者看了会无限神往,不知道他们的样品就是他们的全部家当。大作家就不然了……"[①] 所谓"大家""小家"之说,用在还处于成长和远未"板结"、定型的"80后"诗人身上,不见得允当,但是,此次"大展"作为一个"选本"面临着同样的问题,却也是事实。如果再考虑到本次大展首先是由诗人自荐作品,而有些诗人不大会选作品(这种事是常有的),类似的"抽样"式诗歌"大展"和"选本"就带有更多的不确定因素。以我稍微熟悉一些的宝鸡诗人陈朴(1985年生)为例,在这次"大展"中,我们看到他的几首诗,是偏向"乡土"的,其实他有更多的面向,比如在叙述方式上更显得口语化,情感也更为冷峻和直接的、直面当下现实的诗。

再者说,虽然我们在此看到的是"陕西80后诗歌大展",给人

---

① 钱锺书:《宋诗选注》,生活·读书·新知三联书店2002年版,序言。

的印象，仿佛"80后"有什么可以总结和抓得住的共同特点。实际的情形则是，因为存在着10年的跨度，即使在"80后"内部，可能都存在着所谓"代际"差别。比如80年代初出生的诗人，在情感和观念上，与70年代末出生的诗人可能更相近一些。而80年代末出生的诗人，则与90年代初出生的诗人可能有更多的共同话语。更不用说，出生的地域、成长的环境、知识的背景、生活的遭际与机遇，乃至文学观念……诸多方面的差异，都可能使他们在诗歌创作的具体取向上各有所取，形貌相异。这些对写作者来说都是极其自然的，也是值得赞赏的，对评论和比较却可能会带来困难。

通读此次"大展"的诗歌作品（如今集结成册的诗作，是从近200位作者的来稿中精选出来的近一半诗人的诗作），笔者感到，从创作路向上看，目前的陕西"80后"诗歌创作，在继承前辈诗人的精神资源的基础上，呈现出这样几个倾向。

第一，延续陕西诗歌独特的抒情特征。陕西诗歌独特的抒情性甚至浪漫性，有着悠长的传统。从近处往远处说，有"70后"诗人王琪、王可田，也有"60后"诗人成路、白麟，更有"50后"诗人耿翔等，甚至可以追溯至更早一些诗人那里。如今，我们看到，"80后"诗人马慧聪、李东、曹文生、窟野河（王勇）、岳朗……都不同程度地走在这条路上，部分地延续、强化和开拓着这个传统。

第二，继承和发扬陕西诗歌的口语化传统。这个传统由韩东、丁当等当代诗人于20世纪80年代开启，继而在90年代由诗人伊沙发展强化，后来，又在21世纪初借着网络平台而进一步滥觞，成为国内诗歌的一个重要面向。陕西诗歌也不例外，甚至可以说是国内口语诗的一方重镇。21世纪的第二个10年以来，在以身居西安的伊沙、秦巴子等人为核心的"长安诗歌节"周围，聚集了一批泛口语诗歌写作者，其中包括"60后"的李岩，"70后"的朱剑、黄海、王有尾，以及"80后"的西毒何殇、艾蒿、刘天雨、左右（因其多样的诗歌面向，准确说只能算半个口语诗人）、袁源、刘斌、高兴涛……他们当中，有来自陕南、陕北、关中等各个地方的写作者，其总体诗歌倾向则是先锋、直接、现实、锐利、怪诞、意外、黑色幽默等。虽然此次"大展"，有些诗人并没有参与，但是他们的强大的写作动力、资源和路向却是不容忽视的。尤其是他们对现代汉语诗歌语言的简洁化、直接化和当下化所做的贡献，是不容忽视的。这一点，只消看袁源的诗，就不难理解。

在上述写作者中，高兴涛算是有点例外，他的诗歌总体上是叙事，但是音调更为低抑，带着极为克制的细微的抒情。这一点，既是对陕西传统的抒情特征的改造性继承（改造后的结果是其写作更加直接和透彻），又使他的写作与更为敞露的口语写作拉开了距离。就此来说，高兴涛和另一些诗人如秦客、张大林、张二冬、安途……有点相似。他们基本上没有参与到"长安诗歌节"的活动圈子中去，却同样呈现出口语诗和爽利的特征。特别是秦客，从进入21世纪开始，就借着互联网提供的平台，在各大诗歌网站崭露头角，随后登上国内重要的诗歌刊物，始终以先锋的诗歌写作样态，表现颇为不凡。他们的诗歌相比单纯的口语写作，又普遍地具有某种叙述的跳脱感（比如张大林的诗题与诗歌内容之间的张力，秦客诗中那种冷静、旁观式的描述与内在的轻盈和抒情的意味等），以及经过自我意识控制，因而有效把握的细微的抒情。这一点，对于陕西乃至整个中国的口语诗发展都多有开拓和贡献。

第三，与这种写作倾向有些相似，又显得更为"居间"状态的诗，可说是陕西"80后"诗歌的又一个倾向与特点。与直接、日常写作的口语诗相比，这些诗更显抒情；与更为常见的陕西抒情诗相比，它们又更显灵动。比如，破破、高东国、焕、吕布布……或许还应算上杨麟（他的诗看似传统，又不时地包藏着意外）的一些诗，都是如此。这个传统似乎可以上溯到"70后"诗人周公度那里。笔者在别处说过，周公度是上天给陕西诗歌的一个馈赠。因为在他的诗中，我们看到一种新的倾向，简洁、干净、微妙、悠远，没有方巾气，也没有地方性，更没有承袭陕西诗歌陈旧的书写方式，无论从诗歌的内容，还是具体的写法上，都对矫正陕西诗歌的一些积弊极有启发。就此来说，周公度开启了陕西诗歌的一个传统。现在我们看到，在这个被"70后"诗人开启的新传统上，慢慢走出一些"后继者"，他们以其才情和想象，进行着各自的创造性书写，使得陕西诗歌的总体面貌不仅显得更为立体多样，而且空前地巧妙、锐利，具有锋芒。这种锋芒有种四两拨千斤的巧劲，也有直接伸入生活的直接性。不夸张地说，这种写作提高了整个陕西诗歌的整体水平。

同时，这类诗歌也显示出作者良好的学养，我说的并非为创作者食而不化的那种知识，而是被其消化并转化成其创作素质，成为其身心一部分的涵养。这一点，无论从其写作的题材（明显地宽泛了），还是处理题材的方式（明显地多样了，运用自如了）上都可以看出来。与此类似的还有丁小龙等人的创作。他们的写作同样没有明显的地域性，同样向精神和记忆的内部开掘。只是，也可说形成对照的是，丁小龙的诗并不如前面几位那般写得爽利，而是具有某种幽暗的低沉和迂回的质素。在和缓低沉的叙述中具有明显的沉思甚至冥想特征。它来自记忆，也来自创作者主体对记忆的重塑。如此明显的知识分子气质的写作，在之前的陕西诗歌中比较少见，随着写作者总体素质（包括文化程度）的提高，知识作为素养或素养之准备的写作，空前繁盛和有效起来。

第四，与上述写作真正形成对照的则是子非等人的诗歌创作。子非的诗几乎完全来自他的生活，他的家乡，他所看到的日益疮痍的农村出身的村里人（包括从村里外出打工的人）。这使得他的诗具有无可辩驳的大地感。这种大地感与之前关于乡土的叙述不同，仿佛犁铧翻开了大地的深处，他的诗更有之前的乡土诗所不具有的真实感，尤其是关乎当下的痛感。同样从汉中走出来的诗人杨康，他的部分诗作也具有这些特点。所不同者，他的诗多以"我"为圆心，一步步切入。子非的诗则多以旁观的"冷眼"和"热腔"，向我们展示某种事态。

第五，一些身处外地的陕西籍诗人，如吕布布（商州人，现居深圳）、杨康（汉中人，现居重庆）、苏微凉（现居杭州）、陈昊（西乡人，现居杭州）、冷风（现居广西柳州）、张海波（柞水人，现居广西横县）、哑者无言（吕付平，旬阳人，现居浙江宁波）……在诗歌创作上都多有成绩。比如杨康，早在五六年前的大学期间就热心诗歌并崭露头角，陆续在国内各大刊物发表诗作，不仅创作数量多，质量也比较整齐（虽然总体来看散文化痕迹较重）。总之，这些创作者由于不同的个性特征，不同的生活环境、文化背景、精神资源，他们的诗歌呈现出更为丰富的异质性和某些在陕西的诗人身上所缺乏的卓越特征。作为陕西诗歌的有益补充和调剂，它们同样值得珍视。

以上几个路向的创作各有鲜明的特色，其中不少都是向国内水平看齐，甚至与之并列，成为当前国内诗歌创作的重要组成部分。同时，在不同的倾向之间，又存在着不同程度的"冲突"式"咬合"与发展。表面看来似乎相矛盾，实际上在相互的"冲突"中存在着相互吸纳和更新的可能。

上述一些倾向主要是就诗歌创作的形式来说的。从诗歌内容或题材来说，值得一提的是，陕西"80后"的诗歌创作显示出越来越直面生活的真实性与切身性。与传统诗歌写作中的某些虚矫、回避和无视现实的倾向不同，"80后"的写作大都回避宏大叙事，相反，他们扎根现实、注目日常生活，聚焦于具体而微的世俗细节，读来更容易让人感到亲近、真实，引发同感。这些特点在泛口语化的诗中自然表现得最为突出。而在另一些诗人那里，如张海波、卿荣波、张二冬等人的部分诗作中，我们看到，情形也是如此。更有甚者，在一些诗中，诗人们不回避现实生活的凝重、坚硬和痛楚，而是直笔写来，在诗艺之外，更显出史的价值与道义。杨康、苏微凉、哑者无言等人的诗都是如此。而像子非、钟楠等人，以具象和案例的方式写到人的死、不幸、命运……更是之前的诗歌少有的，显示出前所未有的直接和锋芒。像梁亚军、左右等人更是能够从自身的独特经验出发，写出令人印象深刻的好诗。这些都是好的征象，说明诗人们的创作正不断朝向自身、朝向未加遮掩的真实。而对于诗来说，真实是最可贵的，也是最难得的。

虽然参与此次"陕西80后诗歌大展"的诗人有近200名。即使如此，也仍有遗珠之憾。也就是说，从创作的队伍来看，实际的状况比"展出"的更为强大，至少从创作者的基数上看，要大得多。而从现在所展示出来的诗人的地域性来源和分布上看，也显示出一些值得注意的现象，特别值得一提的是诗歌的地域性"集团"的出现。

前文提到，"长安诗歌节"，作为一个以西安为核心，辐射陕西全省乃至全国的诗歌圈子，它固然也可以看作一个具有代表性的诗歌地域性"集团"，但是与我们下面所要提及的地域性"集团"不同，"长安诗歌节"作为一个"集团"，它更多地呈现出一种诗歌写作倾向上的相似，也就是说，它更像是一个首先在诗歌观念和创作方式上相近的"集团"，而不是"地域性""集团"——当然，我们并不否认它也是下面所谈及的地域性"集团"中的一个。

这里，笔者想要重点提及的是汉中的诗歌地域性"集团"，尤其是以子非、黄兵等"80后"诗人为代表的"集团"。在这个集团中，有"60后"的诗人古岛作为前辈和灵魂，有子非等"80后"诗人作为骨干，也有"90后"诗人程川等后起之秀作为有力的后续力量（在本文行将写完之际，欣闻程川获得"2015·星星年度诗歌奖"大学生诗人奖，同时也深感"90后"在敲门了！面对更为年轻的诗歌力量的加入，"80后"诗人没有理由再自感年轻，而不更加努力），不仅形成地域"集团"，还成为一个前后相继的梯队，前后扶掖，互相鼓励，形成了创作上的良好互动。加之有他们创办的民刊《乌鸦》呈现"集团"内的创作成绩，以及与外界的有效交流，就使他们的诗歌创作活动更显活跃。

此外，不得不提的是神木"80后"诗人"井喷"式涌现的状况。一个总人口不到50万的县所涌现出来的"80后"诗人就有青柳、破破、惟岗、十指为林、王永耀、窟野河、沙柳、杨佳佳、李岸等十多位，这不能不令人称奇。其中，不少诗人已经多有创获，成绩骄人。这样的"井喷"现象，大约也可称之为"神木现象"。这个现象背后的原因是值得总结和深思的。比如，它与陕北前些年的快速发展有无关系？到底是怎样的关系？又有怎样的普遍性？等等。如果将视野再放大到整个榆林市，那么我们就会惊讶地发现，榆林几乎可以说是陕西省内九个地级市中诗歌创作的第一大市，也是出现诗人最多、最密集的一个市。其中的原因是什么？这同样值得追问和深思。

说到这里，似乎也不应该忘了作为民间力量的诗歌网和《陕西诗歌》所团结的诗人，以及为陕西的年轻诗人们所提供的成长和发展机会与平台。从气质上说，这是一个更为松散也更为包容的，超越了地域与某种诗歌倾向的诗歌"集团"。

当然，无论外力有多大，我们都要从诗人内部寻找原因。就此而言，诗人之间的相互切磋与砥砺恐怕是非常要紧的，对于以后的长期发展，才是极为重要的。据诗人青柳等人讲述，他们成立了"神木文学批评小组"（让人想起20世纪初的"莫斯科语言学小组"，以及近两百年前赫尔岑笔下充满理想的俄国青年们自发成立的"孙古罗夫小组""斯坦克维奇小组""斯拉夫小组"），常会举行一些"读诗会"和"改诗会"活动。这种据说不留情面、紧张活跃又不失友好的修改和"苛责"，取得了切实良好的效果。笔者以为，这样的活动不仅提升了彼此的诗艺，也优化了诗歌环境，增进了彼此的诗歌友谊，推动了诗歌创作的内在动力。而这些都是诗歌发展、诗人"丛生"的重要因素。就此而言，诗人的地域性"集团"化诞生与存在，实在是促进诗歌发展的重要土壤。类似的活动，上述各个诗歌"集团"其实都不同程度地做着，有的甚至做得有声有色，效果卓著。

置身于21世纪第二个10年的今天，我们普遍感到，写诗面临着巨大的"压力"。这个压力从内部来说，是诗写得如何？在诗歌创作圈内如何有自己的一个位置？从外部来说，是社会的巨变，诗歌日益边缘化，写诗不仅难以获得什么实际的回报，就是争取一些目光，也变得困难。当然，这也是件好事。它让那些想通过写诗来获得其他利益者，因为看到无望获利，或者获利甚少而自动地走开，让写诗这件事变得更加纯粹。此外，经过近百年的发展，现代汉诗的写作门槛不断提高，也在客观上要求诗人们不要做一朝成名的梦，不要把诗坛当作名利场，不要以做买卖的心态进入作诗行列。相反，需要认清楚，写作从来都是孤独和寂寞的事业。而这也要求写作者们有更大的信心和毅力，至少有更为持久的恒心、耐力，不惜坐"冷板凳"（包括不为大众知晓，不被批评者关注），长久地沉浸在诗歌创作之中，十年如一日，才可能有所创获。从诗歌所面临的内部和外部"压力"来看，许多"中途"的写作者终将会离开。实际的情形也是如此。就像一次长跑，一起出发的人总是很多，能坚持跑到终点的却寥寥无几。有理由期望，继续留在诗歌行列从事创作活动的，是更多悉心于诗艺之精进者、自我之精进者。

以上所述，正如笔者在文章开头所言，很难说是所谓评论与评判，而更像是一点印象，难脱零散之嫌。对许多诗人的具体创作特点未能提及，即使提到的也多有遗漏。从文章一开始对"评价"的种种困难的详举与分析中，我们也看到，对正处于上升和发展空间里，远没有定型和原地踏步的"80后"诗歌写作者来说，评价本身的"不可能"。虽然如此，本文的题目还是暴露了笔者的某些倾向，甚或"判断"。所谓"葳蕤的生长"，既是指写作人数之众多，可圈可点的诗作与诗人的辈出，也是指创作路向的丰富，生长土壤的肥沃。当然，更是对已经展示出来的如此丰茂、强劲的生长力量（包括民间的诗歌组织力量）的感慨——至少也是希望能够与各位共勉的一种愿景。有理由相信，在这一群更具开阔的写作视野的诗人的共同努力下，在未来10年里，陕西诗歌的面貌会为之一变，为之一新。

十 非非派诗歌的秦地光大者
——秦客论

一

秦客是在陕北出生、长大的"80后"诗人。在陕北,他读了大约20个年头的书,经历一点也算不上丰富。虽然如此,他的个性成长却似乎没有受到生活环境的多少影响。相比之下,他的艺术才情的发展似乎更像是本性使然。比如中学时,他偶然学画,几个月学下来,笔下功夫比学了几年的还要好。于是,在进入21世纪的第一个年头,他由学习艺术进入了大学。

秦客在陕南度过了他的大学生活。秦岭以南、巴山以北的汉中平原,更多江南的气质。汉江穿流而过,雾气缭绕,水气十足,放眼望去,常年绿色覆盖……与沟壑纵横、黄土漫天、粗犷雄壮的陕北,差异何其巨大。与陕北的生活更近北方游牧民族不同,汉中的生活与四川更为接近,言谈也更多生脆,而不是浑厚。无论味觉,还是精神认同,汉中都与巴蜀更为亲近。正是在这种强烈的对比和反差中,在近水楼台式的生活体会中,秦客读到了川地诗人的作品。

新时期以来的汉语诗歌写作，四川几乎占据了半壁江山。在巴蜀大地上，不仅有曾被错打成"右派"的老一辈诗人流沙河，以及他供职其间的《星星》杂志，还有1949年以后出生并在"文化大革命"后迅速成长起来并崭露头角的诗人，如柏桦、欧阳江河、翟永明、李亚伟、万夏、杨黎、何小竹、吉木狼格等。如果说20世纪50年代出生的欧阳江河、翟永明等人，在取径上更倾向于知识分子写作的繁复、深重，那么稍晚一些的"60后"，主要以"莽汉诗派"和"非非诗派"为代表的诗人李亚伟、万夏、杨黎、何小竹等人，在精神取向上就更具嬉皮风格的洒脱和自我释放。他们与南京的韩东，昆明的于坚相呼应，共同形成了后朦胧诗中的"民间派"。秦客在大学之初读到的，正是这一脉系的诗歌，并深受启发，从而完成了他的诗歌蜕变，迅速走向了成熟。

二

秦客坦言，刚开始写诗的时候，他写得很传统。可是，读到杨黎、何小竹等人的诗之后，他就如"莽汉"一般撞进了"非非"的领地，从诗歌观念到写作手法，都为之一变。在大学毕业后的一次访谈中，他曾提到，他的诗歌受到很多人的影响，包括于坚、韩东、伊沙、杨黎等。"后来'非非'对我影响比较大。"[1]2003年发表在《诗选刊》上的三首诗，可看作秦客从传统诗歌创作成功转向先锋写

---

[1] 秦客：《与王也对话》，丁成编：《80后诗歌档案》，中国海洋大学出版社2008年版，第118页。

作的证明,也可以看作他热情拥抱"非非"的见证,更可看作他早期创作的代表之作:①

> 从市区到郊区途中
> 我说真好
> 天那么蓝
> 地那么绿
> 孩童尽情地游戏
>
> 我拉着小华的手说
> 油菜花又开了
> 油菜花开了
> 一朵二朵三朵……
> 我指的是开了几朵
> 不是很多
> 但是至少开了
> 那么一大片只要有那么
> 一朵二朵三朵敢开

---

① 秦客:《秦客的诗》(包含《油菜花》《假象》《今年春天》三首),《诗选刊》2003年第9期。实际上,这几首诗2003年9月在《诗选刊》发表后,又多次在其他诗歌刊物上刊载。如《油菜花》《假象》二诗,作为《秦客的诗》12首中的两首,复载于《诗选刊》2004年第1期;《油菜花》作为《风吹草动》(组诗)中的一首,复载于《诗潮》2005年第7—8月号。同时,它们也被多个诗歌选本选编。如《假象》《油菜花》发表的当年,就受到了关注,入选谭五昌、胡少卿编选的《2003年大学生最佳诗歌》(春风文艺出版社2004年版);一年后,《油菜花》又入选伊沙主编的《被遗忘的诗歌经典》(下)(太白文艺出版社2005年版);《假象》则入选丁成主编的《80后诗歌档案》(中国海洋大学出版社2008年版)。

还怕其它的不开吗?
　　——《油菜花》

今天的天气真好
我指的是天气晴朗
万里无云
风和日丽
这样的时刻
我们至少该做些什么
我看着小华
我说我们去裸奔
要么我们去到郊外
小华只是拉着我
过了马路
沿着回家的路走去
　　——《假象》

今年春天
很平常
前几天
艳阳高照
桃花就要
含苞欲放了
杏儿也忙起来了
说怪就怪

今年春天

不平常

一夜之间

满天飞雪

看样子

要把这些早开的花

全都冻死在

今年的春天

——《今年春天》①

在这三首诗发表时，秦客刚读大三。写作的时间，当是他读大二甚至大一时。从这几首诗不难看出他的早慧与早熟。语言轻捷明快，叙述简单沉着，平白中暗含机智与幽默，诗行间那种四两拨千斤的游刃有余的风度扑面而来——我们几乎能看到诗人在背后绷着脸，按捺着性子，看着读者发笑，他自己却不为所动的得意。此时，他的创作已经很好地掌握了"非非"派诗歌的要领。在之后十余年的创作中，他的"非非"派创作面貌，几乎一以贯之。上面诗中所出现的主人公之一"小华"，正像秦客小说中的"李小华"一样，既屡次出现于诗中，又多次出现在小说中②——几乎在同一时期，他用同样简洁、明快、爽利，充满阅读快感的语言写起小说（秦客的小说语言和小

---

① 秦客：《秦客的诗》（包含《油菜花》《假象》《今年春天》三首），《诗选刊》2003 年第 9 期。

② 秦客：《勾结李小华》，《佛山文艺》（上半月）2004 年 9 月号。《勾结李小华》《遭遇张莱莱》等短篇小说中均有"李小华"这个人物。参见秦客短篇小说集《黑夜里唱歌的人》（安徽文艺出版社 2019 年版）。

说本身几乎称得上性感),并且在小说与其诗之间建立了强烈、鲜明的互文与对话。

就这样,几乎无所准备地,秦客以其令人印象深刻、耳目一新的诗作,成为"80后"先锋诗人的代表。当然,这首先要感谢20世纪末互联网在中国大地上的贯通与普及。因为有了互联网,年轻的诗歌写作者们开始在网上写诗,活跃于各大论坛、社区、文学(尤其诗歌)网站,相互结识、交流、争论、鼓励。从某种意义上说,1975年以后出生的诗人是受惠于网络的第一代(如沈浩波等),1980年以后出生的诗人则是互联网的第二代受益者。他们不再单纯地依赖传统刊物(尤其是官方刊物)的关注和接纳,而是首先通过在网络上贴诗而"撒欢",在凭着活跃的网络表现和出色的诗作赢得关注后,再成为纸质刊物的"座上宾"。他坦言,如果没有网络,"更多的年轻人还要等待",而网络"对诗的发展或者创新有很大的催力"。通过网络,"80后"诗人受到关注,"最辉煌的时候,几乎全国所有刊物都在整版或以专题的形式大量刊发这群人的作品"[①]。

此外,要说起来,一个青年诗人的成长也离不开地方刊物的帮扶和支持。比如秦客,就在汉中市文联主办的《衮雪》和榆林市文联主办的《陕北》杂志(这两个刊物均为内部刊物)多次刊发过诗作。

大学时代的秦客是一个在网络和校园中都非常活跃的诗人。在学校里,他组织诗社,创办诗报,举办论坛,所以才会在互联网上崭露头角,得到前辈诗人和诗歌刊物的关注。其中,对他特别优待的一个

[①] 秦客:《与王也对话》,丁成编:《80后诗歌档案》,中国海洋大学出版社2008年版,第116—117页。

刊物就是《诗选刊》。自 2003 年第 9 期刊发了他的诗作后，2004 年的 12 期杂志中有 4 期都刊发了他的诗作（分别刊于 2004 年第 1、9、11 和 12 期），其中第 1 期的"最新力作展示"栏目以"秦客的诗"为题，共刊发他的诗作 9 首。第 12 期的"中国诗歌年代大展特别专号"刊出"秦客诗歌"14 首和"诗观"短论。不妨来看其中的第一首《写小说的下午》：

> 我在写一个小说
> 一个长一点的小说
> 故事大概就是我的一些生活经历
> 我想把它们记录下来
> 这就是我的小说
> 现在我写得很长了
> 我打算把它写得更长一些
> 就像日子一样
> 看起来很长
> 让你看也看不完

和前面的《油菜花》等诗一样，这首诗的语言像是在说话，平白、简单。不过，在简单和不动声色的叙述中，却又暗伏奇思，令人意外，如最后四行。在表面平淡的奇崛背后，是诗人的机智、幽默，甚至无厘头，以及其中所显示出的反英雄的日常情态。反英雄的、自我卑微的叙事，在这里与其说是一种策略，不如说是诗人的价值立场和自觉的审美取向。

三

  2005年夏，秦客大学毕业。走出校园后，他短暂地做过老师，然后去北京从事媒体工作。2006年底回到陕北，先后在几个文学杂志做文字编辑或美术编辑，直到2010年。这一时期，和许多刚走出校园的诗人一样，他的诗歌创作数量明显减少。不过，创作质量却稳定地保持着，且有新的开拓。

  最值得注意的是，他将诗歌创作的笔触由自身伸展向他人，由以自身为写作的中心部分地转变为以静观的方式观察、叙述他人，将他人置于写作的中心。同时，由于他人这个特殊的社会身份，而将更广阔的社会内容纳入其中。如《选调生的一天》：

  起床起得很晚
  太阳照进了整个院子
  拿着脸盆、牙刷和杯子走进水房
  发现同事还没有起床
  想着这一天该怎么度过
  看了刚到的报纸
  日期显示在几天前
  然后把桌子抹抹
  拖着不会发出声音的拖鞋
  走向了食堂
  拿着比盆小的碗

同事一人一碗

蹲在地上

把整个脸都埋了进去

吸溜吸溜的声音

偶尔夹杂着一个响屁

没有人理会

碗被放下的时候

一天的时间刚好过去了一半

它向我们展现了通常会被忽略的日常褶皱里的选调生的一天，平淡无奇到有些百无聊赖的一天，又是极为真实的一天。"刚到的报纸/日期显示在几天前"，暗示了这个选调生所待之处的边远、落后，生活缺乏活力和内容。人们吃饭时"吸溜吸溜的声音/偶尔夹杂着一个响屁/没有人理会"更是显示了这种生活的庸常。这个很可能叫作"吴又又"的选调生，是"在乡政府工作"，单调的生活、饮食以及蚊子的侵扰，都让她坐立不安，以致"有时蹲在土坯围着的厕所里/半天懒得起来/天空有鸟飞过的时候/她觉得自己有点孤独/想跑到不远处的黄河边上看看"（《吴又又的夏天》）。① 这种对缺乏诗意的日常生活——甚至对无聊本身以及对身处其中的人物微妙的内心活动的书写，看似客观、平静，实则显露了诗人那令人惊异的发现。

同一时期所写的《在龙山》组诗②，由 10 首与"龙山"有关的

---

① 秦客：《秦客的诗》，《诗潮》2018 年第 11 期。
② 这组诗中的部分诗歌如《龙山的夜》，见《诗选刊·下半月》2008 年 10 月号；《龙山的第一场雪》《龙山的夜》，见《诗歌月刊》2010 年第 9 期。

诗作组成,各诗之间没有结构性的关系,也没有逻辑性的线索,更像是马赛克的拼图,又像是面对画布的任意涂抹,最终却勾勒出一幅关于"龙山"的图景。以下略选几首:

在商场
在街道
在饭店
在电话里
我看到很多龙山的女人
也听到过她们的声音
她们花枝招展
她们靓丽多彩
她们像女人一样
生活在龙山
　　——《龙山的女人》

穿行在龙山的街道
广告牌上有一个少女
旁边有祝您健康的汉字
向每个过路龙山的人微笑着
这让我想起另一位
和她年纪相仿的女孩
一样的青春,一样的多姿
就像抽龙山牌的香烟
吐出一团团美丽的烟花

样子总是很迷人
像不败的花
　　——《龙山牌香烟》

小龙山上有树
有花庭
有一群美丽的少女
在择花，戏水
没有春夏秋冬

我不知道龙山有没有
这样的一个地方
它可以在龙山
也可以不在龙山
当然叫不叫小龙山
和龙山有没有关系
都无所谓
　　——《小龙山》

如前所说，这些诗都围绕着"龙山"这一特定的地方展开。它有点像是旅游胜地，又有点像是方外之地。诗人以这个地方为中心进行创作时，并非以传统的方式展开，而是以他作为一个先锋诗人的眼光来打量、书写。于是，我们看到的仍然是语言的快感，那来自语言和叙述的愉悦——愉悦，但不肆意，更不"狂欢"。他只是以充满性感的节制口吻，写着"废话"一样的诗。①

《在龙山》组诗中有一首诗,也道出了秦客诗歌写作的精神关联:"在龙山写/一首韩东诗/一首于坚诗/一首杨黎诗/一首下半身诗/用整个第三代去写/写关于龙山的诗/写在龙山关于龙山的诗//阳光灿烂/从龙山的高处开始/一直写到龙山的低处"(《写一首龙山的诗》)。他的诗歌创作的引领者是韩东、于坚、杨黎。他的诗歌创作的基本趋归是第三代诗歌——《龙山的女人》,就明显有学习于小韦的《火车》之意,有向其致敬的意味;《小龙山》则带有强烈的自反性解构的意味。

最值得注意的是诗人将目光投向了"龙山"这样一个不著名、不现代、不洋气的地方,将先锋的诗歌写作观念与一点儿也说不上先锋和前卫的地方结合起来,突破了他之前创作中的校园、个人生活等较小的范围和圈子,将视野伸展到了更广阔和陌生的地方。就此来说,《在龙山》也是一首将先锋的诗歌观念与广阔的中国现实土地相结合的产物。它也暗中呼应了秦客早在2002年就写成的一首有关陕北的诗——《黑海》:

三伏天,陕北黄土高原上
母亲回忆二十多年前的一个夏天
雨水缺少的陕北,那年风调雨顺
黑里下,白天晒

---

① 我们知道,"废话诗"是"非非"派代表诗人杨黎的诗歌主张。他认为,诗所写的就是没有意义的废话,因此主张取消对语言背后的所谓意义的追寻,而只聚焦于诗歌语言本身。这一观点与韩东的"诗到语言为止",于坚的"拒绝隐喻"等观点,都暗自相通,多有呼应和支持,虽然也都有细微的差别。

> 黑里下，白天晒
> 母亲说，地上的庄稼见风就长
> 庄稼绿得就像黑海一样
> 那年庄稼丰收了
> 第二年的夏天，我们村
> 出生了十几个男娃和女娃

正如论者所指出的："它是现代意识的，同时又写出了陕北的味道。"① 现代汉语诗歌的自我成熟，正需要这种既具有现代意识，又能写出自身现实的诗歌佳作。

其实，对比一下不难发现，《在龙山》组诗和《黑海》还是有差别的。后者在总体上呈现出现代感的同时，还残留着一些传统的余味；而前者的后现代意味则更加彻底，特别是像《小龙山》中强烈的解构意味。就此来说，《在龙山》组诗让我们看到，一个具有后现代眼光的诗人，如何面对"龙山"这样一个不那么现代的地方和题材，如何展开他的诗思；让我们看到，一首真正的现代诗所具有的眼光和精神质地。

四

2010 年 7 月，在迎来诗人而立之年前，秦客来到西安，在一家出版社工作。青春渐行渐远，中年越来越近，以后的路该怎么走？

---

① 伊沙编选：《新世纪诗典》（第 1 季），浙江人民出版社 2012 年版，第 93 页。

成为摆在他（以及和他一样的一代人）面前的现实问题。现实生活多有不易。它"有时候像路边的树叶/风一吹，就会左摇或右摆"（《生活》），秦客也在所难免。这一时期的他，进行着艰难的自我探寻和调整。2016年底，在做了6年的图书编辑工作后，他离开了出版社，一方面用心经营他自己一手做起来的有关图书分享的微信公众号"书房记"；另一方面，整理旧作，安顿身心，重新开始写作。

在西安的七八年里，他的诗作一如既往地少。事实上，这种高度智性的、具有强烈自我挑战意味的写作方式，也注定了诗人不可能写得快、写得多。秦客30岁左右及之后的诗歌创作，数量同样有限，却在创作格局上仍有开拓，佳作不断。比如，他将诗歌的笔触更多地伸向日常生活，包括缺乏诗意的办公室生活，发掘其中微妙的诗意：

> 同事在单位的院子里
> 种了几棵葫芦
> 每天她都看着葫芦长
> 一片叶子
> 两片叶子
> 三片叶子
> 现在同事请假不在了
> 那几棵葫芦依旧在疯狂生长
> 从墙角攀缘一直向上
> 长到可以抬头仰望的墙头
> 我想如果朋友还不回来

葫芦它要开花
然后结果
如果秋天来临的话
会有几个成熟的葫芦
挂在秋天叶子即将凋谢的枝干上
风一吹就会摇摇摆摆
——《葫芦》

在平常不过的办公室生活之外,他发现"葫芦的生长"这一貌似具有自然诗意的事。不过,诗人依然非常高明地没有像传统的抒情诗人那样对这一田园景象进行赞美,而是在单纯的叙事中写出了葫芦生长,甚至疯长,个人想象的生长,甚至疯长。叙述与想象、写实与虚构、正常与荒诞,就这样在不动声色的诗行间发展、滋生、繁蘖起来。

与此可堪一比的是《立秋》:

立秋那天
我彻底的失业
西安的大街小巷还在冒着热气
我躲进了小寨的汉唐书店
在诗歌的书架上
我看到了一排排诗集
我享受着冷气
我的头上不停地冒冷汗
寻找着一本能养活自己的书

我找到了一本养殖的书
听说秋天来临后
人类可以肉食的动物开始疯狂地长膘
我想在立秋的那天
我把书架上的诗集
换成一本跟养殖学有关的书
我打算从明天开始天天打草 挑水
做一个快乐的养殖专业户

写"我"的失业，但没有悲情的渲染，也没有悲情的暗示。只是描述，半真半假、亦庄亦谐地描述，暗含着解构与反讽（"从明天开始天天打草 挑水"）。这种将缺乏诗意的现代生活有效地纳入诗歌写作中来的做法，是秦客诗歌的一个亮点，也是他对现代诗的一个贡献。

秦客还有一些具有高度实验性质的诗，如《ABCD》（2018）：

某天
我认为
事情不过如此
A 和 B
因为 C 的出现
大打出手
D 一向是中立
关于 ABCD 之间的事情
我从来不过问

> 假如，某天
> 我和 ABCD
> 不是友人
> 便是敌人

这种取消了具体情境，而以符号的形式代入某种特殊事件的方式，会让人想起韩东的《甲乙》，而在诗歌的具体内容上，秦客显得更极端。其实，早在 10 年前，他就做过类似的尝试："假设／A 是警察 B 是小偷／A 某天逛街／被 B 栽赃／A 有口难言／B 信口雌黄／围观的群众／纷纷指责／A 的不是／B 终于如愿以偿／当众做了一回／人民的警察"（《A 和 B》，2008）。这样的写作同样难以高产，甚至只能偶得。一如从《A 和 B》到《ABCD》跨越了 10 年。显然，这种"纪录片"式的写作是高难度的。说起来，秦客还真有首名为《纪录片》的诗：

> 多年以前
> 他们相识了
> 他们是朋友
> 他们用力拥抱
> 一脸笑容
> 然后举起酒杯
> 像朋友一样干杯
>
> 多年以后
> 他们在朋友圈相遇了

他们是故人

多年不见

他先是点赞

然后又在评论里

发了两杯啤酒表情

表示非常友好

像真正的朋友一样①

这首写于 2018 年的新作，将我们的生活还原式地写了进去，一点也不陌生，却又熟悉得令人产生莫名的陌生感。他以其一贯的诗风有意识地介入后工业时代的现实，在保留之前更多来自语言内部的反讽的同时，又拓展了语言与现实之间的反讽性照应，诗歌的伸展度就此得到了扩大。

十几年里，秦客的诗一如既往地冷峻、客观、智性、敏锐，而又呈现出纪录的特点，个人风格鲜明。他的诗或许会被认为缺乏情感、文化、思想——正像"非非"派诗歌所受到的指责一样。其实，秦客的诗并非缺乏情感，他只是抽离了情感的浮沫与虚假；他的诗也并非缺少文化和思想，毋宁说，他的诗所呈现的就是一种文化与思想，一种剥离了文化重压的文化，一种卸下了思想负担的思想。他的诗所张扬的是一种更为简洁、明晰、轻畅、快意，充满着创造与灵性的美学趣味。不明白这一点，也就很难理解他的旨趣，也难以进入他的诗歌世界。

---

① 秦客：《秦客的诗》，《诗潮》2018 年第 11 期。

【附】

一 秦客（王刚）诗作刊发目录（部分）[①] 一览

（一）发表

（1）《油菜花》《假象》《今年春天》，见《诗选刊》2003年第9期。

（2）《就像我曾经小学的同学》《油菜花》《春天的回忆》《假象》《情绪》《早春》《卖馒头的大妈》《春天到处都是花》《路过长安》《第二次路过这里》《回家》《还是有人在这个季节里悲伤》，见《诗选刊》2004年第1期。

（3）《在春天写一首像样的诗歌》《给李异》《一个杀手》，见《诗选刊》2004年第9期。

（4）《油画：西部风景（外三首）》，见《延河文学月刊》2004年第9期。

（5）《关于桃花》，见《诗选刊》2004年第11期。

（6）《写小说的下午》《八月的桃树》《像一场阳光》《片段》《圆通寺》《鸽子或者乌鸦》《做梦》《想说》《再写油菜花》《姑娘二十》《A不在还有B》《苏州河》《给小Y的诗之十二》《给小Y的诗之十四》，见《诗选刊》2004年第12期。

（7）《油菜花》《圆通寺》《风吹草动》《雪地里开花》《想说》，见《诗潮》2005年7—8月号。

（8）《送诗人朋友上路》《冬眠》《去北京看女友》《大毛和二毛》《立秋》《一个人的夜晚》《马小明》，见《诗选刊》2006年第4期。

（9）《一只前行的骆驼》《水鸟应该在有水的地方生活》，见《新作文特

[①] 鉴于本文多从时间语境来讨论秦客诗歌的价值和先锋性，笔者根据诗人提供的样刊和样书，整理出一份秦客发表诗作的简目，以便读者参考。上述目录不包含诗人在网络和民刊上所发表的大量诗歌作品。另有部分发表作品由于缺少样刊，未能搜集齐全，因此注明"部分"。

刊·Poem，Light——中国八零后诗歌写作报告》2007年12月号。

（10）《长枪》《葫芦》《龙山的夜》《日出和日落是一样的》，见《诗选刊·下半月》2008年10月号。

（11）《清平湾》（组诗，包括《鱼》《黄土》《郝家坪小学》《黄》《怀念羊》《道情》《一条河》七首），见《草原·下半月》2010年第3期。

（12）《龙山的第一场雪》《龙山的夜》《普惠泉13号大院内的四株丁香》《少女李丽》《会议》《虚构一场雪》《葫芦》《冬日风景》《黑海》，见《诗歌月刊》2010年第9期。

（13）《邂逅》《三块春节的颜色》《看起来很像形容词》《在街上无望地寻找一个朋友》《办公室》，见《草原·下半月》2011年5—6期合刊。

（14）《少女李丽》《办公室》，见《诗林》2011年第4期。

（15）《春天的记忆》《夏日纸牌》《立秋那天》《冬日风景》，见《延河·诗歌特刊》2018年第1期。

（16）《此诗献给少女无双》《吴又又的夏天》《选调生的一天》《桥头饭店》《纪录片》《在黑夜里唱歌》《片段集》，见《诗潮》2018年第11期。

（二）入选

（1）《假象》《油菜花》，见谭五昌、胡少卿编选《2003年大学生最佳诗歌》，春风文艺出版社2004年版。

（2）《写小说的下午》《油菜花》，见伊沙主编《被遗忘的诗歌经典》（下），太白文艺出版社2005年版。

（3）《兄弟》，见之道主编《长安大歌》，太白文艺出版社2006年版。

（4）《杯子》，见宗仁发主编《2007年中国最佳诗歌》，辽宁人民出版社2008年版。

（5）《就像我曾经小学的同学》《假象》《第二次路过这里》《一个杀手》《1997年4月5日》《怀着孩子的三个男人和一个瘦高个的女人》《西安鸡毛》，见丁成编《80后诗歌档案》，中国海洋大学出版社2008年版。

（6）《高原的河》《女人老张》，见耿立主编《21世纪中国最佳诗歌：2001—2011》，贵州人民出版社2011年版。

（7）《第二次路过这里》《三块纯洁的颜色》，见黄海主编《陕西诗选（2001—2010）》，陕西师范大学出版社2011年版。

（8）《黑海》，见伊沙编选《新世纪诗典》（第一季），浙江文艺出版社2012年版。

（9）《在龙山》（组诗，包括《龙山的第一场雪》《龙山牌香烟》《小龙山》《龙山外的人》四首），见《2013陕西文学年选·诗歌卷》，陕西师范大学出版社2014年版。

（10）《办公室》，见贾平凹主编《现场：2011—2012文学双年选（诗歌卷）》，中国友谊出版公司2013年版。

二 秦客（王刚）小说简目

（一）发表

（1）《勾结李小华》，见《佛山文艺·上半月》2004年9月号。

（2）《笔架山》，见《青年文学》2005年第18期。

（3）《一次诗意的意外死亡》，见《延安文学》2007年第3期。

（4）《我们是朋友》，见《翠苑》2008年第3期。

（5）《对陌生的女人我们能有多少了解》，见《黄河文学》2008年第11期。

（6）《在街上无望地寻找一个人》《在黑夜里歌唱的人》、创作谈《我为什么要写短篇小说》，见《西湖》2009年第8期。（《在黑夜里唱歌的人》获2009年《上海文学》短篇小说新人奖。）

（7）《邂逅》，见《西湖》2009年第8期。

（8）《请到驼城来看沙漠》，见《文学与人生》2010年第4期。

（9）《爱的过去式》，见《北方文学》（上旬）2013年第3期。

（10）《啊，陈清杨》，见《延安文学》2017年第4期。

（11）《爱人在哪里》，见《延河》2017年第10期。

（12）《茶乡奇遇》，见《延河·下半月》2018年第1期。

（二）入选

（1）《对陌生的女人我们能有多少了解》，见恭小兵、邢荣庆主编《小说新势力·奋斗》，安徽少年儿童出版社2008年版。

（2）《在黑夜里歌唱的人》，见赵丽宏、金宇澄主编《鱼吻：〈上海文学〉获奖短篇小说集》，华东师范大学出版社2010年版。

十一　衰朽与死亡的歌哭
——论子非《麻池河诗抄》

曾几何时，乡村不但是人类的生息之地，也是人们安顿身心之地。随着现代工业发展、城市化进程的脚步日益加快，人们几乎本能地以乡村作为庇护——因为相对于城市，乡村还没有被工业和技术所挟制和破坏。于是有了 200 多年前华兹华斯和济慈那一代诗人不约而同地对乡村的赞美。诸多的赞美词不仅赋予乡村美的形象，也给予她救赎的意义。如今回头来看，那时对乡村的赞美与眷恋，或许已是一种病候的表征，意味着现代技术侵入人们的生活，患了现代病的城市人无处可逃，只能从身体和精神的双向维度，求助于尚未被现代性切割和侵害的乡村。就此而言，对自然和乡村的赞美，未尝不是对她的提前哀悼和唱响的挽歌。[①]

如今的乡村是什么模样？身居现代城市的人们除了关心大自然的美景，没打过农药的菜蔬，没喂过饲料的猪羊外，还会关心乡村的什

[①] 这里可能会让人产生误会，以为英国的乡村和中国的乡村一样，甚至比中国更早走向凋敝和垂危。实际上，并非如此。相反，英国有悠久的乡野传统，对乡野有着深沉的爱。也因此，英国乡村、田园、农业、农村，比我们想象的要好得多。即使工业革命和圈地运动，也没有使英国的乡村和耕地减少，只是更集中，效率更高了而已，远非中国如今的乡村可比。参见沈胜衣《自然而然，英伦农思》，载《中华读书报》2016 年 11 月 23 日第 19 版。

么?除了像一个掠夺者那样觊觎她外,我们还会为她的什么而动心,更不用奢侈地说——上心?阅读诗人子非关于故乡麻池河的诗,我一再停下来自问。同时,内心也不断感到灰暗,乃至黑暗,那"黑暗从意念里渗出来/又爬上我的脚、腿、腰、胸、肩、脖子"(子非《黑夜来临之前》)①。

一

看到子非用一部诗集来书写麻池河,我们不禁会问:麻池河在哪里?诗人告诉我们:"坐火车,沿着铁路到达汉中/再坐豪华大巴车,沿着高速路到达宁强/再坐普通客车,沿着柏油路到达毛坝河/再坐摩托车或拖拉机,沿着水泥路到达麻池河"(《故乡》,第151页)。仅从辗转多次才会抵达"故乡"这一点,我们就不难知道,那是一个交通极不方便的地方。事实也是如此。麻池河,位于秦岭南麓腹地的秦巴山区,对于许多人来说,那是个偏远、落后、毫不起眼的地方。

不为人知的落后而偏远的麻池河,有什么讲不完的故事呢?我们从子非的诗中看到,那里——正和别处一样——有一个个关于衰朽与死亡的故事,它们让人感到强烈的不适,以致会有一种长歌当哭的感觉。在子非笔下,几乎看不到对乡村之美的歌赞,也没有对自然之生机的抒写;没有对山川草木河流之秀丽的展示,也没有对乡风人情之淳厚的温情脉脉的描绘,而是一再地写到了她的衰朽、黑暗、残忍、绝望与死

---

① 子非:《麻池河诗抄》,中国文联出版社2016年版,第134页。下引此书内容,只随文注页码。

亡:"秋天的麻池河,雁已南去/蓝天被一块破抹布死死捂住/太阳在奋力挣脱中,喊出绝望的光/北风南下,山峰攥紧拳头/忍受着,牙齿咬得咯咯响/河流远去,只留下郁结的石块/田野的肚皮荒芜,长出野草"(《进城》,第75页)。生长在麻池河的人,"他交出汗水、泪水、鲜血/交出青春的骨头,交出断掉的手指,/可土地还是饥饿,将他身边的人/一个个吞噬,还在他们的墓碑上打磨牙齿"(《输了》,第5页)。在诗人眼里,那里的沟壑是一道道刀口,一座座山都是坟堆,平地则是倒在地上的墓碑:"把一条条沟,命名为王家沟、李家沟——/每一条沟都是正在流血的刀口/把一座座山,命名为周家山、张家山——/每一座山都是一座硕大的坟堆/把一块块平地,命名为刘家坪、韩家坝——/怎么看都像一块块倒在地上的墓碑"(《命名》,第6页)。

子非以一种几乎沉迷的笔触写到麻池河的一次次葬礼和哭丧:"送葬时,亲人们要哭/哭,天高福浅;哭,地广命薄/哭死去的人,或哭她们自己/似乎只有这样,死去的人才像死了/活着的人才像活着"(《哭丧》,第8页)。他以一颗"冷酷"得有些残酷的心,耐心地记录着麻池河的死和可能的救赎:"两山之间,什么也没有/唯有一条在低处流淌的小河/有浪花般散落在两岸的村民/以及山腰上一个个坟堆/如果一定要有什么,那就是/这座山顶的凤凰寺,那座山顶的观音岩"(《该祭拜了》,第7页)。他告诉我们,他的"族人们,一生中只完成两件事/生于麻池河;死于麻池河"(《两件事》,第28页)。

除了死,子非也写到了生(存)和活(着):

> 一棵树,被雷劈了,它还活着
> 被砍断了枝叶,它还活着
> 被虫子蛀空了内心,它还活着

>被剥掉了树皮，它还活着
>
>被斩断了树干，它还活着
>
>被做成了家具，它还活着
>
>被烧成灰烬，它还活在庄稼的根部
>
>被做成了棺材，把它埋了
>
>它又从土里长出来，结出干瘦的姓氏
>
>——《一棵树》（第40页）

然而这是怎样的活？在一次次严酷的命运劈打中活，在一次次残忍伤害和剥夺中活，在九死一生中活，在死里逃生中活，在艰难的夹缝中活，在死亡的刀刃上活……活得太艰难，也太卑微。

于是，我们就似乎能够理解，诗人为什么如此沉醉于对衰朽和死亡的书写，为什么眼里尽是衰朽和死亡。他是通过书写死来为死作传，通过书写麻池河各种各样的死来为麻池河以及"生于麻池河"也"死于麻池河"的人作传，更是为卑微的生和残酷的活作传。他是要在他的诗行中，为这些卑微而广大的生与死再做一次祭奠。

二

如果说上述的死还都是静态的死，那么，下面这首诗，就是麻池河动态的死：

>农历六月，事物都在持续升温
>
>张家老太死了，就是不愿闭上眼睛

就是不愿离开这具尸体
紧张、僵硬地躺着，等待回家的儿女

她的尸体发臭了，儿女们还在路上
尸体上有苍蝇飞舞，儿女们还在路上
尸体像冰棍一样开始融化了
儿女们还在路上，尸水从衣服里浸出来
缓缓滴落在地上，儿女们还在路上
村里人只好把儿女们的照片
放在她睁开的眼睛上，草草地埋了
父亲在电话里说这件事的时候
我正在异乡，也正在路上

——《在路上》（第 85 页）

这首诗读来令人扼腕，也让人感到强烈的反讽。半个多世纪前，杰克·凯鲁亚克以一种全新的方式写下了长篇小说《在路上》。其中所描写的是一代年轻人自由、意气和荒诞不经的生活经历。它既呈现了"二战"之后美国青年的精神空虚、浑浑噩噩，也表征了一代人在彷徨中寻求出路的精神探索。可是今天，中国版的《在路上》所展现的却是一代人被生活、被求生的基本需求、被生活的欲望所绑架之后的无根的存在状态。我们搭乘着时代的高铁，却不知道要去哪里。最后，唯一的收获只是——用鲁迅的话来说——"本根剥丧"[1]。也是

---

[1] 鲁迅：《破恶声论》，见《鲁迅全集》第 8 卷，人民文学出版社 2005 年版，第 25 页。

从这里我们看到，乡村如何被掏空，乡村里无数的"张家老太"怎样在死不瞑目中等待、失望，乃至绝望。诗中的"张家老太"既是乡村的人，属于乡村，也是乡村孤老衰败的隐喻。而我们每个在城市里求生存的人，甚至连同城市本身，都是那"在路上"，实则或许早已是自我走失的人。就此来说，这首极具隐喻性质的"在路上"，也是几十年来中国式发展与生存的代价与写照。在中国，不知每天会上演多少类似的"在路上"？有这么多的"在路上"，麻池河以及和麻池河一样的千千万万的村落与乡镇，又怎能不死？

除了上述的死，另有一种"死"，也是人力无从控制的——至少在今天的中国是如此：

火车经过我的家乡
经过一块菜地、两棵槐树
三间土坯房、五亩方田
几座荒冢
跟王寡妇的一只鸭、一只鸡
一只狗，擦肩而过
活生生地把她的目光
拉出两道相依为命的伤

火车经过我的家乡
把村庄分成村东和村西
把语言分成方言和普通话
把人们分成穷人和富人
把河水分成上流和下流

把我分成上半身和下半身

火车还在经过我的家乡
——《火车经过我的家乡》(第 92 页)

相信很多人读到这首诗，都会有同感。在短短的十多年间，中国的铁路和公路几乎无所不及。它们在给中国经济带来动力，给人们生活带来方便的同时，也带来了不常被人提起，或不愿提起的东西，比如这里的切割感。与主旋律的宣传（比如那首唱遍中国的主旋律歌曲）不同，这首诗向我们展示了另一幅图景。在这幅被生硬分割的图景背后，最终"死"去的是乡村生活的整体感和统一感。它被"村东和村西""方言和普通话""穷人和富人""上流和下流"等重新区划和切割。虽然在火车未经过之前，乡村也有穷富之分、上下之别，但是在火车经过之后，这种差别和撕裂感才变得空前的触目惊心。不仅如此，只要火车"还在"不断经过每一个中国人的家乡，这种切割就会一直持续且更加剧烈，由此而来的撕裂感，也只能越来越强烈。

与此相关的是青年人的离乡，接受新的观念与生活，以及由此带来的另一种更残酷的"死"：

腊月，黄头发的男人
红嘴唇的女人，走在麻池河的土路上
他们操着外地的方言，数落着
故乡的山山水水，他们不停地咒骂
山太高，路太窄，猪圈与院子挨得太紧
夜里的风声太紧，亲人的鼾声太沉

板凳上的灰尘太厚，傻子还是傻子
就像一群对景点的服务极不满意的游客

他们喜欢聚在一起打麻将，谈论他们的北京
他们的上海，他们的西安，他们的小区
女的谈论老领导如何喜欢自己
男朋友们如何排着队来爱他们
男的谈论彩票、苹果机、奥迪、夜店
以及冥顽不化的父母，傻逼的村长

直到春雷响起，天空明净
河流日渐丰满，土地日渐松软
枯树剥落时间的残渣
飞鸟播下一粒粒明亮的叫声
他们迫不及待地背起行囊，远走他乡
去他们该死的北京、上海、西安……
——《回家过年》（第81页）

  这里的疏离不仅是代际的疏离，而且是城乡间的疏离，更是现代城市的生活方式与依然传统的乡村生活方式的疏离。隐匿其间的还有落差与比较、自卑与夸张、艳羡与虚荣……其背后的巨大推动力，或许是资本自身无法停顿的运转，以及由之所带动的无从扭转的现代生活方式。因疏离和隔膜而带来的对乡村生活的漠然和难以认同，势必造成乡村的空心、衰败和死亡。诗中具有刺激性的对比性画面，为我们勾勒了一幅与媒体和意识形态宣传截然不同的、几乎令人感到惊心动魄的"回家过年"的图景。哪个才更为真实？就留给人们去评判吧。

三

子非写到了麻池河的很多死。读这些诗，会让人不自觉地想到一个词——长歌当哭。的确，他是怀着一种沉痛的歌哭来写下这些诗的。比如那首《生死的距离》：

> 死在外乡的人，尸首不能进家门
> 选择一个比黑夜还黑的夜晚，偷偷安葬
> 不到五十岁、功业未成的少亡者
> 生前用过之器具、祭祀之物品
> 悉数焚烧、入土，方能毁尸灭迹
> 女人、小孩不能参加葬礼，参加者
> 即刻沐浴，把晦气一点点搓掉
> 如果是横祸而亡，尸首上要放符咒
> 坟墓周围钉上桃木钉，不让其翻身
> 没有留下子嗣的少亡者，不可以进祖坟
> 未婚少亡者，父母鞭打尸身三次
> 至于夭折者，只用四块木板装好
> 或一张草席包裹，不举报丧礼
> 不修坟，在荒山野岭随便挖个坑，就埋了
> 生死距离，如此之远，又如此之近（第29页）

他也写到了一些生者,"五叔""老刘""剃头匠""麻和尚""唐富贵""老光棍"……那些艰辛、佝偻的男人形象,在子非的笔下从生到死,仿佛是简短的墓志。在这众多的男性形象衬托下,女性的侧影似乎显得更为鲜明,也更为动人。她们展现着乡村的另一面,也因为其艰难、隐忍地活(乃至死),而让人格外揪心和难忘。尤其是那位"衣锦还乡"的女子:

> 她每次回乡,都要把自己捂严实
> 捂住背、胸、肚脐、大腿,这些
> 平日里裸露的部分,把头发
> 染回村庄的颜色,把声音调成
> 炊烟的轻缓,把鞋跟降到
> 土地的低柔与沧桑,如一滴露水
> 在朦胧的月色下,回到思念的根部
> 贫穷的根部
>
> 她给亲人们说,她给人唱歌、跳舞
> 他们都是行业精英
> 他们会说很多外国话,都尊重女人
> 他们收藏古董,传承五千年文明
> 他们热爱艺术,崇尚事物的神性
> 他们是狼,从来都不吃羊
>
> 亲人们睡着了,窗外的雪

没有睡,被许多男人揪扯的疤痕

瞬间醒来,缓缓开放

放肆地疼痛,她悬吊在黑暗里

始终够不到屋檐上,儿时踢上去的

一只鸡毛毽子

——《衣锦还乡》(第15页)

"衣锦还乡",当然是诗人绝大的讽刺。但是,这里的讽刺仅此而已,不像写到那些"过年回家"的年轻人时那么激愤。此刻,面对这位风尘女子,子非锋利的、不留情面的笔触审慎地收敛着,在冷静的叙述下面,隐含着同情和怜悯。

除了这位被生活和命运所侮辱、损害的女子外,子非还写到另一个女人——"村庄的女人":

没有了男人,汗水

土地只有和女人耗着

阳光是雌的,空气是雌的

雨是雌的,泥土是雌的

一个女人装下一个村庄全部的空

铁只用来生锈,女人自己结茧

一条路,四面走光

女人在风中扛着自己

茅草高过目光,雨晚过经期

> 只有蝴蝶，在晚霞中燃烧
> ——《村庄的女人》（第67页）

在一个失去男人的寡妇的世界里，从阳光和空气到雨水和土地，无一例外都是"雌的"：是由"雌性"（女性）去承载和打量的，也是由"雌性"（女性）去负担和改变的。"一个女人装下一个村庄全部的空"——"一个村庄全部的空"是指什么？丧失生命和生机的荒凉、空洞、衰朽……还有身心受损的沉痛与虚无。这里，女人的"空"与村庄的"空"形成某种同构，正如女人也是村庄的缩影与隐喻一样，村庄也是女人的象征和写照。她们所面对的都是在四面走光的生活中如何艰难地、不失尊严地走下去。

这个"村庄的女人"，与前面"衣锦还乡"的女子看似截然不同，实则有着同样面对生活的辛酸。她们都属于村庄，属于麻池河，属于那"被侮辱与被损害的"人群。正如她们为村庄和房梁所接纳一样，她们最终也会为麻池河的土地所接纳——就像那"死在外乡的人"，他们也是麻池河的人，即使不能进家门，也会为麻池河的水土所接纳。

这就是麻池河。和两岸散落的村庄一样，她衰朽、干瘪，濒临死亡，却一如既往地宽广无私，用哪怕干瘪的怀抱接纳她的每一个孩子。就此而言，她又是富有的，甚至独一无二的。正如诗人所写：

> 麻池河有安静的潭水和湍急的流水
> 有石头，或圆滑，或棱角分明
> 有荆棘、水草，有参天的乔木

和顺势而上的藤蔓，有炊烟，也有雾霭

有锋利的山梁，也有阴暗的深沟

有水田，有旱地

有白毛的狗，也有黑毛的猫

有打鸣的公鸡，也有偶尔打鸣的母鸡

有喜鹊和乌鸦，有农夫和蛇

有活在古代的人，也有活在未来的人

有吃掉野兽的人，也有被野兽吃掉的人

有的人打井，有的人刨坟坑

有顺从的人，也有反抗的人

有教书匠，也有阴阳先生，甚至可以是一个人

有的人在羊水里出生

有的人在洪水中飘向远方

有被送的黑发人，也有送黑发人的白发人

有的人只有爱情，没有婚姻

有的人只有婚姻，没有爱情

有只有名字没有坟墓的人

也有只有坟墓没有名字的人

——《我的麻池河》（第 59 页）

在这首诗中，正如在整部诗集中一样，麻池河到底是什么呢？这条不知名的小河流过贫困、荒败的乡村。发生于这条河上的事，也会发生在别处。就此来说，子非笔下的麻池河是无数乡村的缩影，也是今天乡土中国的象征。

四

如前所述，读子非关于麻池河的诗篇，会让人有一种灰暗和不适的感觉（尤其第一辑诸篇）。以致我们会问，为什么子非下笔这么"狠"？这与他的个性有关？还是与他至今在精神上没有与乡村疏离，因而有着深刻的痛感有关？或许各种因素都有。

不过，虽然让人感到不适，这些诗还是会吸引人不断读下去。——吸引我们的到底是什么呢？我想，起初是诗中所讲的形形色色的事，后来则是诗的叙述本身所展开的内在丰富性和艺术性。

在这些关于麻池河的诗中，几乎每一首都展开着一个人或一群人的命运。从诗的质地来看，在诗集的第一辑"流走或坚守"中，诗人写得尤其"狠"，用情之深，用词之重，所写物事之晦暗，甚至让人有窒息之感。在读到第二辑的时候，诗境豁然开朗，虽然同样还是写人世的悲苦，但我们却能够感到之前的紧张甚至紧绷感，以及缺乏变化的语言方式，都开始进行有效地调整和变化。《土地史》《老光棍》《唐富贵的等待》等诗作，不仅在内容和体制上具有史诗的意味，在写法上也显得更为冷静、客观、从容、大气。那种看似没有感情的"天地不仁，以万物为刍狗"的俯瞰角度与笔法，使得叙述本身显得恢宏和多样。从这样的书写方式也可以看出诗人对所写对象（无论物、事，还是人）的"消化"能力。该辑中的最后一首诗——《2001年的麻池河》，更是具有某种总结的意味。在其中，我们能看到之前的诗里出现过的不同人物的"再现"，也能看到诗人如何将同一个题材，甚至同一个写作对象，在不同的诗中进行"重写"和再处理，并因而看到他强大的艺术腕力。这似乎也向我们表明，虽然此一辑中的诗很少像前一辑中那样，处处流露出对于"麻池河"的直接称谓，但它们同样都来自麻池河，也是关于麻池河的。就此来说，子非是在以这样的叙述为麻池河立一块碑。

关于麻池河的这些诗篇，很能体现子非作为一个诗人的质素，既体现出他的强烈的现实关怀和道义感，也展示出他的诗艺才能。就前一点来说，子非能写"麻池河"这个话题，能将大量的笔力聚集在一个乡村上，就是他作为一个写作者对现实关怀最直接的证明。更难得的是，他写了这么多。从诗本身来看，收集在这里的100多首诗，是他在比较长的时间里陆陆续续完成的。这也说明他持续地关注着"麻池河"，关心着乡村的变化与衰败。其实，子非还有一些以农村、农民工等社会底层状况为主题的诗，也许因为与麻池河没有直接的关系，所以没有收进这部诗集中来。但是它们却说明了子非对底层现实的热切关注。

具体到写作对现实的转化和落实上，也即如何实现对所关注的对象的有效书写，对任何一个写作者来说，都永远是迫切而困难的问题。就子非的写作而言，我宁愿他的道义性弱一些，也就是说，宁愿他写得更客观、更"冷"一些。比如，我宁愿他在《回家过年》中所写到的那些年轻人，当"他们迫不及待地背起行囊，远走他乡"，他们所去的不是"该死的"，而只是"他们的""北京、上海、西安……"这是因为道义性太强，不仅会以先入为主的态度影响读者的接受，而且会伤害本来可能广大得多的诗意本身。就写作本身来说，诗意也是大于道义的。道义是单向的，诗意则伸展着多种可能。

同时，我也宁愿他写得不要太"狠"，而是在笔触间多留一些余地，多留几分希望。比如，我宁愿他《衣锦还乡》中的那个女子没有"悬吊在黑暗里",而只是在黑暗中睡不着,感到"被许多男人揪扯的疤痕/瞬间醒来,缓缓开放/放肆地疼痛"。死作为一个事实,也许真发生在这个女子身上,但是更普遍也更沉重的现实是,绝大多数人并没有选择这样一种决绝的方式自我了断,而是仍然背负着痛苦和屈辱活在世上。我们也不希望一个生命就这样自我了结,相反,我们希望人们能在生活的泥水摔打中重新拾起尊严与信心。与死相比,这才是更为艰难,也更为珍贵的。

如果说子非的诗还有什么需要注意的话,那就是,不能因为在修辞上有时过于"狠"而在准确性上有所失落。比如,"河里的水,被人们当作眼泪、鲜血/流尽了,露出家族的根系/和冰冷、坚硬、尚未消化的疼痛"(《麻池河的冬天》,第 22 页),这里的"冰冷、坚硬、尚未消化的疼痛"指什么?是不是有些抽象了?甚至有些为修辞而修辞了——哪怕作者可能没有意识到这一点。再比如,"他只属于黑夜,此刻/天下无人,往他身上撒尿的小孩/正在梦见自己长大……"(《麻池河速写·二傻》,第 48 页)什么叫"天下无人"?它意味着什么?这样的叙述有没有受到流行用语的干扰?还有,"一个人行走于麻池河畔的旷野/携带着这个世界最后的清高"(《清高》,第 137 页),为什么是"最后的"?似乎都不够明确和清晰。一个严肃的诗歌写作者,应该警惕这样高蹈和有言不及义之嫌疑的言语方式,哪怕只是偶尔流露。更重要的是,无论如何,关于苦难的叙述不能仅仅成为关于苦难的修辞;苦难和对于苦难的书写,也不能只成为一个写作者的修辞学。从根本上说,无论写什么,都不能丧失语言本身的承载。这是写作的基本伦理,对于所有的写作者都同样有效。

正因此,我更看重子非在一些细微处的发现。比如他看到,一双农村人的手是"一双血管高于皮肤的手"(《锄具》,第 18 页);他感到杀猪匠"白刀子进,红刀子出……爱说大话,声调高过被杀的猪/似乎想吼出全部的恐惧"(《麻池河速写·杀猪匠》,第53页)。无论"血管高于皮肤的手",还是"似乎想吼出全部的恐惧",都是诗人敏锐的发现,既是他的体察力和感受力的表现,也是他的诗性创造力的表征。对于一个诗人而言,这些都是极其可贵的。

此外,一些读来余味悠长的短制,如《一个人的死》《民办教师》《阳光下的祖母》等,也十分值得一提。它们体量短小,笔触轻盈,没有因为"狠"而显得缺乏诗所应当具有的弹性,在诗艺上很有可圈可点之处。对于子非的写作来说,这更是一种平衡和丰富。也因此他笔下那些看似客观,实则将沉痛感藏得很深的诗,就显得格外珍贵。除了前面提到的诗集第二辑中的部分篇什外,还有像《王小伟笑了》这样的诗:

> 王小伟的拇指被流水线流走了
> 老板拿出清单
> 拇指:10万,食指:8万
> 中指:5万,小指:2万
> 无名指:5千
> 胳膊:20万,大腿:30万
> 眼睛,鼻子,耳朵,嘴巴
> 心,肝,肾,肺,胆
> ……
> 王小伟一边用剩下的9个指头计算着
> 一边富有地笑了(第103页)

这里叙述之客观、笔触之反讽，将沉痛的悲哭深藏在表面的"笑"（微笑—好笑）下面的书写方式，比那些以鲜明的道德立场直接书写不幸的诗，不仅意味更为深永，也更能深入读者的内心，让人感到沉痛在心，隐痛难去。

五

总的来说，《麻池河诗抄》体现了子非在诗艺和道义上的双重成绩。一个诗人敢于以一部诗集聚焦于一个事物，这个行为本身就是他的胆气和能力的最好表现。对一个确定的题材进行大量书写，而不给人重复感，实在是很难的。很多人都会因此而回避这么做。子非则没有。他反复对麻池河展开书写，开掘她的内在肌理和可能。作为一个写作者，他不会感觉不到其中的困难和可能的陷阱。那么，他为什么还这么做？答案只能是，他打心底看重这个题材，同时，他也自信自己的写作；或者说，由于看重这个题材，即使在技艺上缺乏足够的自信，"看重"作为内在的动力，也促使他奋力一搏。他也的确是这么做的。实际的结果是，他写了那么多，写得摇曳多姿，形态各异。这些诗篇让人们看到，一个写作者，凭着自身的努力，拓展了多么巨大的艺术和道义空间。

子非从关于麻池河的这些诗中所获得的远不止这些。更重要的是，他从这些诗的写作中获得了一个坚实的"起点"。美国作家舍伍德·安德森曾提醒福克纳："你必须要有一个地方作为开始的起点，然后你就可以开始学着写。是什么地方关系不大，只要你能记住它、也不为这个地方感到难为情就行。因为，有一个地方作为起点是极端重要的。……你所知道的一切也就是你开始你的事业的……那一小块地方。……虽然它那么小，那么不为人知……"① 无论有意还是无意，子非都是这么做的。很明显，在子非关于麻池河的这些主题集中的诗作中，他不仅扎根于中国当下的现实，也借此获得了属于他的一个"地方"，更因而获得了属于他的诗歌事业的开始。虽然在他那里，或许现实要大于诗。相信对于真正的诗人来说都是如此，他们所关切的现实比他们的写作更为重要——哪怕写作本身在反拨这一点。正因为在现实中承受着挤压，他们才写作，并试图以此有所改变。也因此，面向艰辛和焦灼的现实的写作，成为写作极为有效的生长点。② 当然，也为写作收获了尊严。

子非的这些诗会让人想起同样集中笔力书写底层——尤其在流水线上做活的打工者——的诗人郑小琼③，甚至"90 后"诗人的许立志。④ 郑小琼和子非都是"80 后"诗人，都对底层生活有着直接和切肤的感受，也因此，他们的笔触常常会让人感到同样的痛感和沉重。不同的是，郑小琼的写作更多地聚焦城市打工者，书写在城市里辛苦工作、艰难生活的那些打工者，写他们的痛与死，生与爱，艰辛与不幸。子非则写了打工者们身后的乡村，写了他们的父辈和祖辈，写了这些人回乡的某种形貌和精神样态。

子非笔下的乡村，本是郑小琼笔下那些生活在城市却无从安身，更无法获得归属的年轻人的家和根（从根本上说，那也是所有人的家和根）。可是现在，因为现代资本和技术的裹挟和侵蚀，那些奔波

---

① 福克纳：《记舍伍德·安德森》，李文俊译，谢大光主编：《素昧平生的友人》，百花文艺出版社 2014 年版，第 71 页。
② 参见秦晓宇编《我的诗篇：当代工人诗典》，作家出版社 2015 年版。
③ 参见郑小琼《郑小琼诗选》，花城出版社 2008 年版。
④ 参见许立志《新的一天》，作家出版社 2015 年版。

于城市和乡村之间的打工者,即使回到农村,也难以找到精神的依托和归属。就此来说,子非的诗展示了郑小琼笔下当代生存之令人倍感痛楚、悲凉和吊诡的另一面。

如果说在子非和郑小琼的写作之间有个居中者,或许要算书写"纸上还乡"之悖论与可能的诗人郭金牛。[①] 从某种意义上看,后者诗中的歌哭性质,与子非的诗更为相近。

一个人为什么要写诗?或者说,诗有什么用?这个问题是每一个诗歌写作者都需要面对的。子非的回答如下:

> 让天空高远起来
>
> 让闪电安详起来
>
> 让受伤的鸟飞起来
>
> 让青涩的果实成熟起来
>
> 让喧闹的湖面安静下来
>
> 让深埋的石头发芽、开花、结果
>
> 让死去的人活过来
>
> 让失去的时间在未来重逢
>
> 只有诗歌能如此
>
> ——《诗说》(第 125 页)

的确如诗人所说,诗能够"让死去的人活过来/让失去的时间在未来重逢"。它具有拯救和安抚的作用。对于子非而言,关于麻池河的这些诗,既是对故乡的记录与纪念,也是对她的歌哭与祭奠,更是

[①] 参见郭金牛《纸上还乡》,华东师范大学出版社 2014 年版。

诗人从中获得内心安宁和自我拯救的方式。当然，它也是一种分担、转化和洗礼。对于我们这些只在诗行中才与麻池河相遇的"异乡人"来说，同样也是如此。

十二　智性之诗与解构的灵魂
　　——论袁源的诗[*]

一

在现代汉诗的百年历史中，与两千年悠久的诗歌传统一样多以抒情见长，以智性写作见长的诗人并不多见。20世纪90年代以来，现代诗中的"日常叙事"开始滥觞，乃至滥俗。作为一种潮流，"后现代—叙事性"写作虽然至今被奉为时尚，然而，好的诗人诗作依然是凤毛麟角。幸运，似乎也必然的是，进入21世纪以来，在西安却有袁源这样一位将智性和解构贯彻到底的诗歌写作者。说幸运，是因为好的诗作者总是可遇而不可求的；说必然，是因为几十年来西安已经形成了它独特而丰富的诗歌传统。在此传统下，令人耳目一新的诗人诗作应运而生，可谓顺理成章，水到渠成。

读袁源的诗，会让人不时想起博尔赫斯式的用脑（而不是用心）

---

[*] 本文发表于《唐都学刊》2014年第4期，发表时有删节，这里恢复原貌。另，发表时署名为宋宁刚、沈奇。两位作者均对该文有贡献。感谢沈奇教授慨允笔者将此文收入本书。

写作的方式。他们所采用的都是一种"重智"的写作方式——虽然袁源的写作是一个被简单化了的博尔赫斯式的智性写作。最早读到的袁源的诗,是刊登在《江南时报》"中国诗歌地理·陕西篇"中的《饥饿史》——它同时也被伊沙推荐到《新世纪诗典》中:

> 早饭　午饭　晚饭
>
> 早饭　午饭
>
> 午饭
>
> 饭
>
> 饣
>
> 反

看到这样的写法,多少会让人有些惊讶。虽然"诗怎么写都可以"已成为常识,但总不过是抽象意义上的观念。当一首具体的诗呈现在眼前,我们还是会问:这首诗,它如何成其为诗——尤其是称得上"好诗"?它的引人注目之处以及可能的缺憾和问题又在哪里?就《饥饿史》来说,其夺人之处当然在于对所谓"饥饿史"的诗性重构,对"饥饿""饭"和"反"之间关系的诗性揭示。这里强调"诗性",因为它的揭示和重构与哲学的反思和史学的论证都判然相别,它不是论证(当然也就不对其历史的确证性和有效性做什么保证),而只是展示,通过汉字的拆解既直观又意味深长地给予我们一种"现象学"的观照,让人在一时语塞的惊愕中,沉吟良久,思虑良深。

在"长安诗歌节"的一次诗歌朗诵会上,我第一次见到袁源,并听他朗诵了新作《杀青》:

手起刀落

手起刀落

手起刀落

手起刀落

顷刻间

从菜市场买回的

四颗通红

的西红柿

被他切成八半

每一半中间

都泛出绿色

一看就是

被催熟的

与《饥饿史》一样,似乎都是思想先行的产物,不同之处在于,《饥饿史》通过拆字来实现对"饥饿"之"史"的重写,《杀青》则通过解构式的"拆词"和重新赋义,实现对"杀—青"的"别解"(犹记得袁源也是以不带丝毫情感修饰的平调,以近乎机械的方式朗读了这首诗,其语气真可以说与诗的取向相得益彰)。我们轻易便会喜欢它的机智:原以为前四行的四个"手起刀落"是有些故弄玄虚的重复,看到后面四颗西红柿被"切成八瓣",才知道是对切四颗西红柿的动作的机械描述;将"杀青"解构为"杀—青"——将青涩的西红柿切碎。同样地,我们轻易就会喜欢隐藏在字里行间的深意——面对被"催熟"的西红柿,从"青"看到假,看到被欺骗,从而半真半假地愤愤着"杀青";然而,"青"其实是真实与本色,"红"才是假,需要杀的是"假红"才对,结果"青"被作为替代物而"杀";因为对西红柿,人们需要的是"红",而不是"青",所以就转而"杀青"。于是,"青"既无辜,又罪过,既揭露虚假、袒露真实,又招人嫌,或者说正因为它揭露了真实,才惹人嫌……总之,意味丰富,邈远悠长。

虽然对于这类不乏个人洞察和"偏见"的思想先行之作,我一向抱以敬意,但也正因此,我总对它保持着警惕之心,甚至不惜苛求。因为这种以解构的方式所写的诗,大多是一时念起的机智之作,只可一时为之,而难以成为持久创作的正途。

不仅如此,诗歌只有智性是不够的,哪怕它同时带有"后现代"式的解构。这种诗歌在自身之外更多的是依靠一种观念,一个关于现实的稍微与众不同的智性观念而存在的。它如何能生长成一种稳定的价值取向,不仅支撑着一个人的诗歌写作,也能够支撑一个人的世界观,这才有可观之处。现实的情形是,绝大多数的写作者都走不了这么远,很多人都是在一种"玩世不恭"的态度中"玩一把",过足了瘾之后就不当回事了,没有谁会对之真正地认真。正在走向而立之年的袁源,他的这种诗歌创作方式以及背后的创作态度,会有所不同吗?我不敢轻易确定——直到我读到了他更多的作品。

二

读袁源的诗,是通过诗行来辨识他的诗歌才能和诗歌观念,乃至确认他的世界观过程的。因为袁源的诗与抒情和"自叙传"式的写作始终保持着距离，他只是在客观的叙述和写作中才程度不一地展露他的想法、观念，乃至灵魂。因此，这也是一个冒险般令人惊喜和快意的发现之旅。

对于有的诗人来说，抒情是一种本能；而对于袁源来讲，拆解文字，对其进行解构、重写与赋义，发现其中所潜藏的巨大的诗性能量，是他通过自我训练而形成的本能——"再生本能"。由前引的《饥饿史》与《杀青》就不难看出，袁源非常善于"咬文嚼字"，在文字的双关性上"做手脚"。伊沙说，袁源非常善于"汉字思维"，确实是有道理的。而伊沙之看好袁源，一个重要的原因也正在此——虽然他也同时看好袁源的诗歌才能。

在《植物人》中，袁源写道："据说古代/庶民无坟/入土为安/种一棵白杨/或是松柏梧桐/作为标识/逝者的灵魂/转入树木/继续生活/继续守望/子孙家园/中国大地上/世世代代/站立着多少/绿色的植物人"。通过"据说"式的讲述，诗人"虚构"和"重写"了关于生与死的"神话"，同时也实现了对"植物人"固有意义的解构，并通过他的诗歌叙述重新赋予它新的意义。当然，此类写作的"游戏"成分过重，其意涵似乎过于单一和薄弱。不过，由此却可以一窥袁源诗歌写作的大致理路。他的叙述口吻从来都带有几分"调侃"和"戏说"，但他绝没有仅仅满足于此。更多的情形是，在轻松的叙述乃至"调侃"的间隙，他钢钉一般切入发人深思的严肃内容，熔嬉笑与正经于一炉，将"调侃"与"内在的审问"相表里。例如《关于禽流感的不浪漫想象》：

我终于得了禽流感
就是现在

最火的那种

并因此变得重要起来

报纸头版

也为我留出了位置

备受关注的感觉真好

我当然不会

让大家失望

尽可能卖力地配合

甚至超出了

人们的预料

当检查结果出来

我被确诊——

只是发病特征

和任何人都不同

反倒跟鸟类

有着完全一致的症状

操！

活了30年

我原来是个鸟！

最多也是

一个鸟人！

大梦初醒

我从病床一跃而起

刷的一声亮出双翅

趁医护人员目瞪口呆之际

破窗而出

一举千里

我迫不及待要去找

我的老婆孩子

我要带他们过一种

从未体验过的

美好生活

很快我就从天上下来

夹着翅膀

混迹在人群中

因我在高空注意到

这个世界的

每个角落

都有一管

黑洞洞的枪口

瞄准任何一种

会飞的东西

这首诗几乎具备了袁源诗歌的绝大多数特征：口语化的叙述，对"我"因得禽流感而备受关注的自我感觉良好和阿Q心态的漫画式描绘，以及十足的"自嘲"和"反讽"；对"鸟人"这个词语的约定俗成之意的解构；对"破窗而出/一举千里"的"超现实"式的"虚构"叙事（类似具有"超现实"意味或"荒诞"特征的叙述也见于《捡球》《五点半》《胖大海到底有多胖》等诗）；"夹着翅膀"和"每个角落/都有一管/黑洞洞的枪口/瞄准任何一种/

会飞的东西"的复义（表面意义与象征意义），等等。在前半段，我们只看到口语的爽利与"调侃"，从"很快我就从天上下来"开始的最后 10 行，则出现了巨大的逆转，虽然仍是"调侃"的语气，其意涵却格外地尖锐和沉重，从而使得全诗不再停留于"调侃"之"乐"与"轻"（具有快感的口语言说和"恶作剧"式言说的快意），而是在"调侃"对"沉重"的"稀释"中将"沉重"更深地切入。

当然，袁源的诗并不以发现和揭示生活的尖锐和沉重为己任，他的诗歌书写希冀的似乎是通过一己的发现和"解构"，带给人（自己和他人）一种智性的愉悦。在《登楼赋》《赞美诗》等中，我们所看到的都是这样一种解构的愉悦。仅从题目上看，《登楼赋》和《赞美诗》都不仅具有深厚的古意，也接续着久远的文学/文化传统，一读到这个题目，我们就会联想起许多文化和传统的因素，并认真起来。而袁源似乎有意要拿传统（实际上是拿我们的认真和严肃，从根本上说，是拿我们的"无趣"）开玩笑，甚至不惜"调侃"和"恶搞"一番——毫无恶意地。

> 儿子贪玩
> 最近玩起了
> 楼道里的照明灯
> 晚上上楼时蹑手蹑脚并且示意我们
> 不要发出声响
> 以免惊醒声控灯
> 我们跟在他身后
> 像一群不明爬行物

在黑漆漆的楼道里
悄然登楼
　　——《登楼赋》

央视某纪录节目
在大山里采蘑菇
女主持人穿林过岭
跟随采蘑菇的大哥
她累了
蹲在地上撒娇
"大哥
你把我也采走呗"
他笑了
"长成你这样
一看就是毒蘑菇"
　　——《赞美诗》

在这样的叙述中，诗人不仅没有对传统和读者的恶意，还有些孩子气的天真与率直。如果说《登楼赋》只是通过日常的小事解构"登楼赋"的宏大，用日常叙述解构"赋"的铺排与高调，那么在《赞美诗》中，不仅有对"赞美诗"（对《圣经》中的人物和事件，以及对上帝的"救赎"满怀敬意的神圣歌唱）的解构，还有对"赞美诗"的重构（把对以"上帝"为中心的神圣之事/物的赞美与歌唱，转变为对世俗事件的赞美——对女子撒娇的美态的赞美，对男子充满机智与慧心的回答的赞美，对这一来一往之言说情态的赞美），以及对文字之复义的发现和由此而来的趣味之揭示(从"采蘑菇"的事件与"蘑菇"的实指,到"女主持人"被戏称为"毒蘑菇"的象征:"毒蘑菇"的美丽,充满诱惑;"爱—美/恋"之为"毒",等等)。

从根本上说,文学应当是天真的,它不应当只成为知识和传统,而应当保有活泼泼的生命情态。在袁源的诗里,我们极为鲜明地感受到的正是这一点。作为一个擅长智性思维——尤其擅长"解构"的诗人,袁源以其叙述的"零度"和所叙之"小"来解构抒情的传统和传统之"大",同时,又赋予"小"以生命的真实与动人。在他的叙述中,不仅有解构,也不是为了解构而解构,而是有重新赋义(赋予生意,也赋予新意)的潜在努力。《转折》和《写此存照》等诗作正是如此。

在《写此存照》中,诗人之所"写"和想要为之"存照"的,是"连续几天"从"西安的低空"飞过的飞机。"这些飞机来历不明/怀着心事/在高楼的遮挡下/发出低沉的轰鸣/好像除了我/没有人再关注这件事","网页上搜不到/朋友圈里也没人提起","我在班级QQ群里谈及此事/刘亮说/把它打下来/资深'飞机大战'高手张辉智说/看来只有我来帮助大西安人民了"。"可惜他们相距遥远,有心无力",而"我"又"不能"(也无力)"把这些飞机打下来",但是"我要把它们写下来/让它们在纸上继续飞/我不能容忍/它们就这么/不明不白地消失"。显而易见的是,诗人一如既往地在词语的复义上"玩花样"("飞机大战"的"飞机"非飞过天空的"飞机"),同时又显示出一份带着执拗的天真与"好笑",读来令人忍俊不禁。

这种不无善意的"恶作剧"和"调侃"语气,看起来"没个正经",甚至"不靠谱",实则以一种卑微的真实和他自己独特的"发现"，带给人一种出乎意料的惊喜和感动。《〈新闻联播〉是一档夫妻谈话类节目》是如此，《对一棵洋槐的持续观察》也是如此。尤其是后者，算得上名副其实的"客观叙述"和"无意义"写作——确切地说，不是"无意义"，而是什么也没有发生，什么也没有说出的"去抒情化"和"无悬念化"（对已有的悬念方式的"解构"），是卡佛意义上的"无意义"。

三

说到卡佛，袁源对其即使不是深爱，至少也是喜爱有加的。他的笔下最能体现其个人特色，也最精彩的诗，是包括写卡佛的《火》在内的那些以全面的解构力和复杂的张力结构而见长的佳构。这些作品读来诗意回环，纠葛缠绕，令人一时难以理清，而又赞叹不已。不信请看——《火》：

> 这是雷蒙德·卡佛的《火》
> 雨水把它打湿了
> 晾干后，书页皱皱巴巴鼓起来
> 这样子如果投入火中
> 燃烧起来会很快
> 不像那些压得很实的新书
> 也不像那些叠放在一起的纸钱
> 不容易烧透
> 还会冒出很浓的黑烟

呛得人咳嗽，流眼泪
好在我没有这样做
我把书打开
打算好好读一读
不知道它能不能
把我点燃

前两行就令人称奇。"这是……《火》/雨水把它打湿了"。虽然这"火"带着书名号，在语义的表层指出它是一本书，可这个书名还是会给读者一种"误导"（或说指引）：将人引向"火被雨水打湿"的错觉。不仅如此，由于水与火的冲突和对立，火被雨水打湿，这一哪怕是"错觉"的情境，就生发出更多的意味感。如果将第一句"这是雷蒙德·卡佛的《火》"，改成"这是雷蒙德·卡佛的书/雨水把它打湿了"，就将是一个意味全失的普通叙述，以上由"火"的双重性（书名和实指的火）而产生的意味感，就荡然无存了。由此也可见诗人遣词的用心。

第三行（"晾干后，书页皱皱巴巴鼓起来"）回到写实，书被雨水打湿，晾干后起皱。紧接着的第四行，又令人惊奇——不是因为字的多意性所产生的错觉，而是诗人的奇思异（臆）想：如果将起皱的书"投入火中……"这实在是令人意外和惊奇的想法，恐怕只有诗人才想得出。联想到这本书叫作《火》，就又会多出一重小小的惊奇：将"火"（《火》）投入火里……诗人的思路顺着这个"如果"继续延伸："这样子如果投入火中/燃烧起来会很快/不像那些压得很实的新书/也不像那些叠放在一起的纸钱/不容易烧透"，还会冒出浓烟，"呛得人咳嗽，流眼泪"。这里的令人惊奇之处在于，诗人将书的（可能）燃烧和"叠放在一起的纸钱"的燃烧联系起来。从书联想到纸钱，跨度虽不算大，却很是有些独特的。作为诗人的袁源，似乎特别擅长这种多少有些"诡异"的联想（纸钱、鬼魅、阴间），他的诗里一再出现这样的意象与气氛：《塑料鬼》中，晚上的塑料袋好像鬼；《家乡的雨季》中，从坟地的烟反向联想到烟囱的烟："雨水濡湿的坟地/生出缕缕青烟/到了做饭时候/从烟囱里/也会升起沉重的炊烟"；《五点半》则完全描述了一种鬼魅的气氛，仿佛在以诗的方式对蒲松龄笔下的女鬼进行重写。

对将书"投入火中"的异（臆）想——它就像一个短暂的梦境，一个瞬间的出神或"开小差"，更像一个带有象征性暴力行为的意识流（在这个意识流行为的背后，往往是一个人行为的文明、礼貌和被压抑的真实）——之后，诗人回到了现实："好在我没有这样做"！这样一个转折既是戏剧性的"抖包袱"，也让读者的心稍感宽慰。接下来诗人说："我把书打开/打算好好读一读"。这本来没有什么可惊奇之处，然而诗人却又通过"火"的双关性写出了新的惊奇——"不知道它能不能/把我点燃"：作为一本书，它能不能打动"我"，点燃"我"的心（而不是身体）；这本名为《火》的书，它是否真的能像火一样，"把我点燃"——是否真的具有火一样的感染力和燃烧力，"点燃""我"的灵魂（而非身体）。这里的双关并非一般意义上的，而是具有一种内在的关联：作为（书）"名"的《火》寻求着它的实在——"名副其实"，火一样的对读者的感染力和影响力。与中间几行"异（臆）想"的火的实在性不同，这里的"火"全然是在其象征意义上展开的，既与开头的"……《火》/雨水把它打湿了"的双关遥相呼应，又在"名"对"实"的追寻之双关的关联性中深化了最初语义上的双关。在此理解的基础上，不妨回到这首诗的题目（《火》——它竟然与诗中作为书名的《火》一样!），并自问：这"火"有几层可能的含义？书名：《火》；实物：火；象征：火。如是，这首看似简单的口语诗，就显示出它丰富的肌理。面对其语意的缠绕与纠葛，如不细玩再三，还真难以理清头绪。而诗人，就像一个"打结"的高手，将其中的一个个"结"，都"打入"这短短的 15 行诗句中，让我们在阅读的惊叹中，通过"拆解"和"清理"获得智性的满足和内心的愉悦。

类似的杰作还有《天意》《竹叶青》等。尤其是《竹叶青》，既突出地显示了诗人的写作特点，又一如诗中所写，具有茶的清香，女子的清秀和蛇的令人畏怖：

  竹叶青是一种酒
  古龙在他的小说里反复提到
  那些落拓的浪子和多情的侠客
  他们只喝它的名字和颜色

  竹叶青是一种茶
  产于风景秀丽的峨眉山
  形似竹叶
  茶名为陈毅所取

  竹叶青是一种蛇
  有着令人伤心的碧绿的颜色
  有毒
  但不会致命

竹叶青应该是一个女子
她酿酒，采茶
同时还养蛇

竹叶青应该是这样一个女子
她采茶喂蛇
又用蛇泡酒

　　诗的细部一如既往地俭省和精彩（如第一节）。从总体上看，前三节以"竹叶青是……"的句式，分别描述了名为"竹叶青"，却截然不同的三种物：酒、茶和蛇。从表面上看，它们似乎不相干，实际上却拥有某种相似的本性：神秘——令人沉醉或恐惧。第四节，从"竹叶青是……"的陈述句式转换为"应该是"的猜测（或祈使）句式，指出"竹叶青应该是一个女子"（值得追问的是其未明言的理由："竹叶青"，这个如此清秀的名字，"应该"属于一个女子），由"她酿酒，采茶/同时还养蛇"而联系起前述三种表面的不相关物——以名为"竹叶青"的女子，联系起名为"竹叶青"的三种（实际上是四种）不同之物。虽然，这种"一而三"的联系，在"三种物"那里只是罗列式的呈现。诗到此，应当说是不错了。然而诗人的创造力和想象力都没有停步于此。他进一步写道，竹叶青"应该是这样""一个女子"，"她采茶喂蛇/又用蛇泡酒"，如此就将原来的罗列关系（虽然从"酿酒""采茶"，到"同时还养蛇"也有深入，一步步的行为让人更加惊讶和意外），从"采茶"到"喂蛇"，再到"酿酒"，以递进的方式把这四种"竹叶青""串"联了起来，并且更加深入：前一节的最后是"养蛇"，这一节的最后是"用蛇泡酒"。

这首诗对"竹叶青"一词的重构和赋义，对其多层肌理的展示，几乎可以看作袁源诗歌创作中对词语进行重构与赋义的总象征。这样的诗作也在多个层面上表明，它们既是智性的结果，也是诗人那独特的发现之眼（思）不断"发现"（乃至"发明"）的结果。

四

自我调侃、自嘲，乃至反讽等，具有"后现代"特征的叙述方式，之所以在今天的社会大行其道，部分是因为进入现代社会以来价值选择的多元化。价值和选择的多元，使得"道理""理由"乃至"立场"，都很难再以"独断论"的方式被说出和接受，而只能以"自我推荐"的方式走向他人。于是，"真理"以"调侃""自嘲"和"反讽"来显现，其平静与自嘲的语气，既容易为人所接纳，也是一种自我保护——当然，其代价也颇为沉重，如今我们再很难严肃地言说。

就此而言，以自我调侃的口吻所展开的诗歌创作，一方面在"自我调侃"中享受着解构所带来的多重快乐（发现、解构、重写、赋义），另一方面也以意表的"调侃"护持了内里的"严肃"和"正经"，不失为一种智慧。可以肯定的是，袁源有其诗学趣味与理由，对此，我们即或不完全赞同，也难以否认它们自有存在的道理和价值。

另有一种智慧，袁源通过诗所传达的悖论来展示和表现。比如

《局限》:"有一种小虫/生命很短/早上出生/下午就死去/假如遇见坏天气/一生的年华/就要在风雨中度过/假如它恰好落在窗前/看见我一连几个小时/无所事事/它一定会认为/我浪费了一生的时光"。表面看来,无论所叙之事,还是叙述的口吻,似乎都是调侃。但是,一细想就会发现,远不像看起来那么简单。这种生命很短的小虫,"早上出生/下午就死去/假如遇见坏天气/一生的年华/就要在风雨中度过",其结果固然可怜和可悲;当它看见"我一连几个小时/无所事事",以为"我浪费了一生的时光",更是可笑。可是,它真的就如此可怜、可悲和可笑吗?相反,获得人身的"我",真的就如此幸运和不可笑吗?如果我们没有从这种虫子的可悲运命中获得一种"逝者如斯""光阴似箭"的自我警醒,我们就和它一样可悲,甚至比它更可悲。这样,在虫子认为"我浪费了一生的时光",而"我"实际上不见得如此的时候,也就不会那么"坦然"——虽然"我"只是几个小时无所事事,但是对于一个小虫子而言,却是耗费了一生的时光。需要指出的是,与其说《局限》所给予我们的是关于"惜时"的训诫和滥俗的说教,不如说是对于存在于宇宙间的"相对性"和"参照系"的揭示。在此"参照"和"相对性"中,身为人的"我"其实和可怜的"虫子"没有本质的差别。当然,这首诗所给予我们的,也并非什么"相对主义",甚至"虚无主义"的遁词,而只是对于存在之"无常"的深刻揭示与觉知。

与此相若,《关于耗子的美好记忆》叙述了一个经历过困难时期的老妇,她至今不解,一只老鼠当年如何偷吃了她严严实实地压在锅盖下的一条鱼,吃完后还将"吃剩的鱼骨/仍然摆成一条鱼形/码得整整齐齐/一丝不苟/栩栩如生",这"令她惊叹/直到如今"。关于这件不可思议之事的惊叹与回忆,在如今的"回忆"和描述中,竟然会一再地让叙述者为之"激动不已",以致成了"美好的记忆",听来不可思议,实则符合常情。它不只是一个悖论,一件令人啼笑皆非的往事,更是我们存在的一种真实情态。同样,诗人通过这首诗不只是在叙述一个事件,更是通过他近乎"零度"的观察和叙述,向我们揭示一种尤其容易为人所忽略的真实,这种真实不是廉价的人生哲理,而是只有诗才能发现和揭示的极为珍贵的生之真实。

《毒钱》是这种真实的更为触目惊心的表述:

> 这是我和我的同学们
> 初中时常干的事情
> 掀开土坷垃
> 鼓捣土墙上的裂缝
> 那些伏着的
> 逃窜的
> 蝎子
> 两毛钱一只
> 认识到这一点
> 再看蝎子
> 每一只都楚楚动人
> 有一回一条一块钱爬到我手臂上
> 对不起我是说一条蜈蚣
> 被我惊慌之中甩落在地
> 逃走了
> 我懊恼
> 不已

只有咬着牙
再去捉五只蝎子
弥补
这一块钱的
损失

"毒钱"这个题目也意味深长：一方面，它是以有毒之物换来的钱，另一方面，通过捉有毒的蝎子、蜈蚣来换钱，这种危险的行为，乃至这种念头本身都是带着"毒素"的，年幼单纯的心灵受到钱的诱惑，不禁以危险的举动去换取，当"我"在"惊慌之中""甩落"了一只蜈蚣，"我"的内心不是庆幸，而是"懊恼"——这种对人的求生本能与求利念头之间的矛盾与张力的揭示，可谓触目惊心。而更让人惊心的，是生活中这种念头的普遍性。不用说那些铤而走险者，想想那些下井的煤矿民工，他们说，下去能活着上来，就赚了一天，下去不能上来，能赚到一笔安抚费，也值了！自我的宽慰和生存的残酷性，都深深地隐含在这矛盾和对矛盾的解嘲中。而存在于生活细微处的种种"懊恼"，虽不如这般残酷，却隐隐地在我们种种的"权衡"念头之间，揭示出"计算"的斤斤与卑微。

上述诗歌所揭示的真实虽然惊心，却不是靠情感的渲染，而是凭借诗人那种手术师般的客观来达成的，其语言也有一种手术刀般的冷静和锋利。悖谬的是，诗人的描述虽然客观和冷静，通过语言揭示的真实却是那么打动人心。这既是叙事学上的悖论，也是诗学的悖论。看来，诗人以"零度"的方式展开诗的叙述自有其道理——因为不如此不足以引起读者的思索和深层共鸣。

五

口语诗由于其叙事的日常化和个人化而容易暴露一己的生活细节。正如《杀青》暴露了一个切西红柿的细节,《火》也暴露了书被雨水打湿,而后晾干,而后异（臆）想的细节……虽然这些细节不见得都是现实。不过,由于这些诗大都以叙述口吻的平静、客观和尽可能地以非抒情的方式展开,这些细节都只是"事实"。它们仿佛现代生活的真实"切片",读来更容易引起读者的共鸣。

因为其叙述的客观和拒绝抒情,我们就很难从上述诗中看到诗人的个人好恶,乃至情感取向。我们甚至会疑惑,对于这样一个以智性展开诗歌写作的诗人,他的"内心"对于情感是"搁置"乃至"绝缘"的吗？

从《毒钱》我们窥见了诗人笔下的"我"的"初中"片段,同时也感受到一些由个人生活的回忆而来的温度,虽然这温度仍然让人感到冰凉乃至畏怖。而即使这些,在袁源笔下也是极为罕见和珍贵的。袁源很少显露这些记忆。偶尔触及,也是虚实相间,甚至带着些超现实的意味,乃至以荒诞的"曲笔"来展开；或者,它们经由内心的砥砺,已具有利刃般的效果。

在《家乡的雨季》中,诗人写道:"无边的雨/集中下在村子里/全村的雨/集中下在我家/四方小院/最后集中下在/奶奶的窗前"。下得如此"集中"的"雨",最后集中在"奶奶"身上：她"坐在雨幕后面""发出长长的叹息"。"旷日持久的降雨之后","山洪犁过河沟/带来原始的气息/房上的瓦松疯长/院里青苔如织……水眼堵了/

老爹去疏通/掏出一只/斗大的蟾蜍/唬得跌坐在地/他用铁锹端着/恭恭敬敬把这位尊神/请出院外/——天晴了"。在其所擅长的"零度"叙事里,袁源融入强烈的戏剧性因素,使得关于故乡和亲人记忆的这首诗也具有一种浓厚的"解构"意味。

《那个越来越冷的县城住着我的父母》更是袁源少有的触及其经历的杰作:

> 离家日久,我已不能适应那个县城的寒冷
>
> 不能想象没有暖气和空调的冬天怎么过
>
> 连奔腾不羁的壶口瀑布都上冻
>
> 像是黄河流出的鼻涕
>
> 还有什么能在风中保持体温
>
> 母亲洗好衣服
>
> 刚挂出去就被冻成寒光照耀的铁衣
>
> 父亲像原始人一样凿冰取水
>
> 也许只有不停劳作
>
> 才能分散对寒冷的注意
>
> 我把父母安置在这首诗的中部
>
> 企图用文字替他们抵挡肆虐的寒冬
>
> 仍然有风透过字里行间
>
> 吹动他们日渐萧疏变白的头发
>
> 有时我忍不住怀疑
>
> 我真是他们的儿子吗
>
> 我真的继承了他们吃苦耐寒的品质吗
>
> 那个冲风冒雪去上学的少年真的是我?

> 他在风雪中大声背诵课文
> 就是为了将来变成在办公室吹空调的
> 目光猥琐的大叔吗？

诗人先以峭利的语言描述了故乡县城的寒冷（"壶口瀑布都上冻/像是黄河流出的鼻涕"——这样的诗句或许只有亲眼见过黄河结冻，也只有在彻骨的寒冷中流过鼻涕的人才写得出），母亲洗的衣服"被冻成寒光照耀的铁衣"，父亲"像原始人一样凿冰取水"，而下面这句"也许只有不停劳作/才能分散对寒冷的注意"，则有一种切肤的痛感和直击人心的力道。接下来的叙述更是令人意外和撼动人心："我把父母安置在这首诗的中部/企图用文字替他们抵挡肆虐的寒冬"，却"仍然有风透过字里行间/吹动他们日渐萧疏变白的头发"。如果说前面两行是只属于诗人的方式，那么后两行就是只属于诗人的感知和自觉——即使以文字，也无法抵挡"字里行间"的风。当诗人对他"吃苦耐寒"的"品质"进行怀疑时，他所怀疑的不是他的怕冷，而是品质，是他的"猥琐"。他最后的追问（"他在风雪中大声背诵课文/就是为了将来变成在办公室吹空调的/目光猥琐的大叔吗？"）也是对人生的终极追问。当我们年少时，我们吃苦耐寒，品质纯洁，所有这一切，最终为了什么？那些纯粹的品质是作为交换物最终为我们换取利益的吗？是为了我们成年后的庸俗、猥琐，乃至堕落吗？

面对这样的追问，我们无法仅仅停留在诗的技艺层面对之进行探讨。仅仅停留在诗的"言"上，就是一种堕落；如果我们不能从此"言筌"获得觉悟和"救度"的契机，就是更大的堕落。正是在这里，袁源的诗显示出诗的一种最为根本的意义——通过诗和诗的观照，写者与读者获得一种自我的觉知。也是在这里，写诗这个行为显示出它之于人的莫大的意义。

六

在上述阅读和讨论中渐渐熟悉袁源的诗歌写作，我们不难看出他与同在西安的诗人伊沙、"70后"诗人朱剑以及袁源大学时的学长——"80后"诗人西毒何殇之间的精神联系。他们都坚持着极为先锋的诗歌写作立场，而作为后来者的袁源，似乎有意通过文字上的解构和执着，以高度智性的写作方式，将这一立场贯彻得更为彻底。

与写作上的坚持和认真相似，袁源是个认真乃至热切的读者。他由阅读培养起的学养，很好地滋养着他。一个诗人，从青春的激情写作走向而立之年的成熟，一个重要的标志便在于此。袁源喜爱卡佛，也深深地喜爱蒲松龄。这不仅体现在他经常写到"鬼"（除了前面提到的《塑料鬼》《五点半》外，他还写了《什么样的鬼是令人害怕的鬼》等直接与鬼有关的诗），写到一些具有强烈"超现实"意味和荒诞感的事（如《捡球》《关于禽流感的不浪漫的想象》等），更因为他和蒲松龄一样迷恋"从前"（《从前》），"迷信笔墨纸砚/居住在人心深处"。他的那首名为《蒲松龄》的诗，既是对蒲松龄的极为传神的描画，也是对他自己的潜在描述：

你不看中央十，不懂科学
迷信笔墨纸砚
居住在人心深处

荒斋寂寂，白杨萧萧
养一只乌白鸟
朋友来自异世界
寄迹破庙古屋
出入荒冢山林
夜晚登门造访
身世迷离，品格闪闪发光

虽然置身于现代，信息化日益深重，但是从骨子里，袁源和他笔下的蒲松龄一样，是"迷信笔墨纸砚"的，即便他的写作早已不像蒲松龄。袁源曾说，他的诗歌写作很多是在上下班的公交车上借助手机来完成的。写作方式如此不同，他们的心却靠得那么近，说来几乎不可思议，却又格外地真切和实在。身居都市，他以诗洗沥着自我，既对当下之存在的荒诞保持着清晰而确切的感知，也在此感知中清醒、追问和自我质询。

地处大西北的陕北高原，不仅以黄土和黄河水养育了千万儿女，也孕育了我们置身其中的现代社会国家。虽则如此，"陕北"在人的内心不免有些沉重、老土、闭塞，甚至落后。而就是这样一个地方，却孕育了袁源这样先锋的诗人。出生并成长于斯的袁源，由于其内向的性格和如今居住都市的经验，渐渐被"驯化"成一个"踏实"的"好青年"——穿上"有垫肩的西装"之后尤其如此（《我已经习惯了穿有领有袖的衣服》）。只是在他的诗中我们才看到，他的内心是怎样的不羁。在看似"沉稳"的背后，他的骨子里怎样深刻地流淌着黄土高原的血，以及黄天厚土与现代都市的强烈对比所产生的空前的荒诞感。

沈奇教授从对西部精神的反思出发，将"西部精神"概括为"三原特性"：原生态的生存体验，原发性的生命体验，原创性的语言体验。① 由此观之，或可部分地理解，袁源诗歌的简洁、峭利、深峻、先锋……以及，由这一切所带来的高度的创造性。

【附】
袁源诗作近几年刊发简目（部分）②

（1）《无边的雨》，见《诗刊》2016年第2期。

（2）《偏方》，见《诗潮》2016年第7期。

（3）《穿墙术》等3首，见《中国口语诗选》，长江文艺出版社2015年版。

（4）《饥饿史》《接了一个电话我就迷路了》《穿墙术》，见《新世纪诗典》（第三季），浙江文艺出版社2015年版。

（5）《偏方》，见《新世纪诗典》（第四季），浙江人民出版社2016年版。

（6）《无边的雨》《白大褂》《故障》，见《新世纪诗典》（第五季），浙江人民出版社2016年版。

（7）《饥饿史》，见《当代诗经》，青海人民出版社2016年版。

（8）《唐僧在652年》，见《新世纪中国诗选》，白山出版社2016年版。

（9）《洗衣机正在发抖》等5首，见《读诗》2017年第3卷，长江文艺出版社2017年版。

---

① 沈奇：《沈奇诗学论集》卷2，中国社会科学出版社2013年版，第330页。
② 鉴于袁源迄今尚未有诗集公开出版，应笔者之邀，诗人提供了一个近几年来发表诗作的简目，以便读者参考。特此致谢。这里的简目不包括诗人在网络和民刊上发表的作品，以及部分发表的作品未能搜集齐全，因此注明"部分"。

（10）《白大褂》，见《2016中国年度好诗三百首》，暨南大学出版社2017年版。

（11）《老有所谋》，见《新世纪诗典》（第六季），浙江人民出版社2018年版。

十三 "在纸上交出我的灵魂"

——简论惟岗的诗*

认识惟岗,是在两年前陕西省作家协会举办的一个"80后"作家研修班上。那次,与惟岗一起从神木来的,还有诗人青柳、十指为林和破破。相比魁伟黝黑、大有"乔帮主"之概的青柳,幽默好玩的德乐(十指为林的自号),聪敏过人、率直不驯的破破,惟岗并不特别显眼,只是他的淳朴憨厚的笑,给我留下了较深的印象。

直到半年后,读到惟岗的散文《神木自然观察》①,才让我重新认识了他。怀着几乎有些难以相信的激动,我读了他的《自然札记》②,终于心悦诚服地确定,他是一个好作者,并在心里直呼相见恨晚。这两组散文的质地之纯良,会让人想起已故的诗人、散文家苇岸。后来知道,苇岸正是惟岗极为喜欢的作家,是他心目中一个兄长式的写作者。更巧的是,他和我几乎在前后相差一周的时间里,拜访过苇岸的老家。他比我做得更好,他找到了苇岸的家人,翻拍了苇岸

---

* 本文原为《延河·下半月》"青年进行时"栏目"惟岗的诗"所配发的评论,此处略有修改。文中所引惟岗的诗,见《延河·下半月》2017年第8期。

① 惟岗:《神木自然观察》,《延河》2016年第8期。

② 惟岗:《自然札记》,《散文百家》2016年第4期。

生前的一些珍贵照片。

　　正如苇岸喜欢梭罗，让梭罗式的写作及其理念在他所生活的北京昌平县城以及他的老家北小营村及其周边落地生根，开花结果；惟岗也喜欢苇岸和梭罗，通过对两者的学习，将其内化为他对神木的土地和天空的观察、凝视、感受与体悟。他不是以借重模仿，凭靠观念来写作的，而是将某种意识经过反刍、消化之后，使之成为他的身体，进而生命的一部分。也就是说，他写作的最可贵之处，在于其文字的"扎根"性。

　　惟岗的诗歌也是如此。扎根于他的生活，扎根于生活中的种种情境。不同的是，在散文中，惟岗更倾向于通过相对冷静的叙述来对神木的风物进行细致的观察和描述，较少直接的抒情；在诗歌中，则较少客观的叙述，而是带着深深的情感乃至情绪，即使这种情绪是以低抑的音调出现的。也因此，他的诗歌天然地具有了浓厚的抒情特征。

　　陕北高原是个神奇的地方。那么干旱、广漠、多尘、寒冷的地方，人们生活焦苦，豪爽顽强，却产生了情感细腻微妙、撼动人心的民歌，想想真觉得不可思议。在为数众多的民歌当中，女子的执拗、果敢、倔强、专情又最是令人难忘，甚至揪心的。惟岗不是陕北民歌中的女子，但是他的诗却具有同样倔强和专情的质地。比如《宴会上的油糕》（顺便说一句，这首诗也是我在惟岗的诗中所看到的表述简洁、节奏明快的佳作之一）中写到的"我"对"夹在牛肉和烤鸭之间"的油糕的情感。之所以有这样的情感，不仅是因为"我"的童年记忆，更因为它相比宴会上重要菜品的不起眼。对被忽略之物的在意，是惟岗诗歌的一个显在特征。他的笔下，有被载在一辆大卡车上，狂奔于高速公路上的骆驼，有历程表上显示着113万公里的开出租车的师傅……之所以被注意到，都与此有关，至少是部分有关。

惟岗的诗，大都出自这种本然的生活情境和情感遇境。像《里程表》《高速路上的骆驼》这样的作品，看起来似乎不够具有现代性，但是极为人性，从中更是可以看出诗人作为一个人的善意。话说回来，文学的重要价值之一，不正是"增加我们对自我与世界的犹疑，让高速运作的机制适当地审视自身的根基"？正因此，它才"不会让一切坚固的事物都烟消云散，而是可以滋养一切坚固事物的土壤"①。就此而言，包括抒情在内的传统的书写方式，自有其重要的意义。

　　其实，惟岗的诗并非传统的抒情。他笔下的诗行有时读来会令人心惊。不信请看："我需要很多个春天，走向我／第一个走向我的父亲，让他／拾起古老的耕作技艺，第二个为了／我的母亲，让她两鬓斑白……"（《我需要很多个春天》）。"我需要很多个春天"的理由之一，是为了让母亲的"两鬓斑白"，其中的意蕴不够现代？"这个冬天，只有悲伤被煮沸／逝者已冷，生者茫然，我／被抛进凝冻的山村之中／幽怨的铜唢呐将我的骨头吹裂……"（《在一场葬礼上感觉是我在死去》），这样的诗句，不够峻峭和奇崛？

　　除了深沉的抒情，以及从本然的生活情境出发外，陕北民歌还有一个特点，就是透彻、锐利、勇敢、明快。就最后一点来说，惟岗的诗似乎还有待改进。总体来看，他的诗在叙述上似乎有些迂回，节奏也有些回缓了，缺乏某种必要的直接性和直抵人心的明透性。《问候》《生日》等诗，不同程度地有此问题。之所以如此，或许是因为表达上缺乏足够的准确。比如《雨中的马》的最后："这场大雨／全下在了它内心的天空"。一场大雨如何会下在一匹马的"内心的天

---

① 范昀：《特里林的现代文学课》，《书城》2017年第3期。

空"？而不是它黑色的眼眸？它的"内心的天空"是怎样的？读来不禁令人感到有些抽象和难解。

　　当然，这只是个人的一孔之见，未必确当。其实，对于惟岗这样刚刚迎来而立之年的写作者来说，最重要的，是他已然认领了写作这件事，并且决心更加自觉地走下去。就此来说，惟岗的写作是令人欣慰的。他早就从心底接纳了写作，也为此做了很多自觉的准备。一如他的藏书在我所见过的同龄人中是少有的丰富与专精。所有这些，都显示出他作为一个写作者的趋向成熟和值得信赖。惟岗有一首诗写到父亲。不像很多年轻人怀着叛逆的心所写的那样，突出与父亲的差异，而是写他与父亲的相似，以及尽管相似却又不属于他的矛盾与复杂：

　　　　哦，父亲，我越来越像你
　　　　我曾和你一样，栖息于草地
　　　　穿越于云朵和群山之间
　　　　在闪光的树丛中沐浴神恩
　　　　啊，父亲，我不属于你
　　　　那进入你我身体的，是
　　　　水，麦穗和无垠的天光
　　　　你引渡我到这万物丛生的世界中
　　　　我找到了新的兄弟和父亲
　　　　你一定很欣慰
　　　　我不再孤独无依

　　读到这样的诗句，在激动之余，我也感到深深的欣慰。以这样的体察来写他与父亲（进而父辈）的关系，只有感触深沉的人才可能。

来自父亲而不属于父亲的惟岗,属于什么呢?应该是属于写作,正如他所说,"在纸上交出我的灵魂"。他所找到的"新的兄弟和父亲"又是谁呢?自然应当是怀着类似理念的写作者,比如上文提到过的苇岸和梭罗。正是在交出他的灵魂的纸上,惟岗获得了超出生物性存在之外的更大的存在,也赢得了超出物理世界之外的更大的世界。在后一个世界中,或许更为艰难,却也更为幸福,并且"不再孤独无依",因为他有更多沉默的同行者。

十四　无声者的梦与歌
　　——论左右的诗*

　　2013年注定是左右的幸运年。这位来自陕西商洛,在生活中沉默、喑哑而又执着的年轻人,以诗为歌,创作十载,在这一年同时摘得"第六届珠江诗歌节·陕西新锐诗人奖"和"第六届珠江国际诗歌节·珠江青年诗歌奖"两项大奖,与前辈诗人韩东(获"珠江诗歌大奖")和宋晓贤("珠江诗歌探索奖")站在一起,同台领奖。对于一个出身农村,凭着他的一支笔默默创作10年的年轻诗人而言,这是莫大的幸运与荣光,也是莫大的宽慰与鼓励。几乎与此同时,勤奋的左右频频在国内各地重要的官刊如《山花》《延河》等杂志上发表组诗,集中体现他十年创作成绩的诗集《地下铁》正式出版发行,引起各界的关注与好评。

　　与写诗带给他的内心的充实与快乐相比,来自社会的褒奖和肯定固然显得外在,但是对于左右而言,却有一种特殊的意义。它意味着青年诗人左右不只在无声里听有声,他还是一个有着高度诗意感知

---

　　* 本文曾发表于《商洛学院学报》2016年第3期。发表时署名为:宋宁刚、吕刚。两位作者均对该文有贡献。感谢吕刚老师慨允笔者将此文收入本书。文章发表时有删节,这里恢复原貌。

力，能以他的诗意能力和创造性不仅赢得世人的尊重，也赢得世人的歆慕乃至感激——因为他在表达自身感受的同时，也为这个世界进行着诗意的创造。所有这一切既让左右感到快慰，也让他看到他作为一个独特存在的价值和意义。

如今，承受着更多目光的热情与关切，左右不只分享着来自社会的关注与期待，也日益勤奋和稳健地将他极具才华和梦想的文字回馈给更多的读者，滋养、浸润更多读者的内心。作为一个创造者，他也可以像意大利作家卡尔维诺所说的，用他的诗文为社会创造美丽的轻音乐和背景乐了（《为什么读经典》）。

一

因为听力障碍，左右生来就不能和别的孩子一样正常地说话。他的世界不仅是无声的，也是有口难言的。所幸，经过上学习字，他能够阅读，进而不必用耳朵而是用心就能够听到另一个世界的声音，也因此而获得了一片更为广阔的天地。或许因为长久的沉默而有太多的话压在心底，左右早早地开始了写作。更为幸运的是，上天赋予了他写作的才能，使得他不仅能以文字作为情绪的宣泄，以诗作为无声的歌哭，纾解年轻的心灵，而且能以诗为心灵的翅膀，进行梦想与高歌，并通过诗的创造，使身心获得愉悦、升腾与振奋。

读左右的诗，很难不注意到他对声音与言说的令人难忘的描述。无论是对失却声音的描述（《一条河流从我的耳朵里流过》），对言说和声音的渴望（《哑巴的自述》《渴望声音》《我愿意用我的一生换一场真实的梦》），对听不到声音的遗憾（《差一点》《如果我不是我》），对听力恢复的梦寐与想象（《听见》《再听见》），对声音的别样感受（《声音A》），还是对耳朵的出人意表的描述和对丧失声音的痛感（《耳朵》），对失去"耳朵"的描述和释然（《我把我的耳朵丢在了大街上》《心事》），以及对听或者听不到声音之间的复杂况味的描述（《把我原来的耳朵还给我》《聋子》），让人读来都会深感心动，心紧，乃至心惊：

> 没有涛声，我听见安静
> 没有风，我没有看见渔船和撒网相关的事情
> ——《我所知道的大海》①

> 每一年，每一月，每一天，每一时，我都期待声音在寒夜悄悄降临。
> 所有的人都聋了，我用石头打开耳朵上坚硬的绷带，一个人开口说话，风和声音很大。
> 所有的人都哑了，我咽下鱼刺，割破喉咙。一个人打开声门，摸到别人的血。
> ——《渴望声音》（第53—54页）

> 如果，我不是我
> 我就可以听世界上最美丽的音乐

---

① 左右：《地下铁》，西北大学出版社2013年版，第40页。下引此书内容，只随文注页码。

唱我这辈子最动听的歌
　　　——《如果我不是我》（第 158 页）

自我出生，我的耳朵就调皮地跑开了
至今，还没有跑回来
至今，还没有停下脚步隐秘地跑

我把我的耳朵丢在了昨天的十字路口
我必须微笑。我知道，每一个善良的路人
都是我遗失在大街上幸福的耳朵
　　　——《我把我的耳朵丢在了大街上》（第 54 页）

……

在"第六届珠江国际诗歌节·珠江青年诗歌奖"的颁奖词中曾这样描述左右："他是一个被剥夺了声音的人，所以他只好自己创造了一个诗的世界。"好一个"只好"！殊不知，在这颇有些无奈口吻的"只好"背后，左右创造了怎样一个广阔、动人的诗之世界。

左右没有变成别人，他还是他自己，就是这个他真的唱出了"这辈子最动听的歌"，而且将一路唱下去，保持着一份属于他自己的独立心态。换个角度来说，能够读到左右的这些诗句，我们甚至要"感谢"他的失聪。如果不是他的失聪，或许他会和我们一样对所拥有的一切熟视无睹，听而不闻，言之无物。我们可以进一步猜测，如果不是失去，他甚至可能不会成为诗人。有理由相信，左右以一己的切身感受和独特体验所写下的质地纯良的诗行，已然成为他对我们这个世界的贡献与祝福。它们既丰富了我们的感知，也提醒我们对世间之一切（无论拥有的还是失去的）的珍惜，乃至人性的良善。

二

作为一个诗人，左右的出色不仅体现在他对缺失之物的敏感与书写上，更体现在他——通过独具创造和新意迭出的想象——对世间万物深沉的感知与体认。

他这样描写时光的更迭："溪水摸着石头／从河床底下无声淌过"（《一条河流从我的耳朵里流过》，第 4 页）。"每一片叶子都是秋天奇异的文字"（《叶房子》，第 29 页）。"秋天是一种无法描摹的光阴……每一种不同颜色的树叶，款款落下"（《老时光》，第 128 页）。"时光静静流淌。……所有的小树睁开一颗颗小小的绿眼睛，在我的瞳孔里"（《风的时光已淡成深山老林》，第 5 页）。"风轻轻一吹，天就亮了"（《蒲公英》，第 46 页）……

他这样摹画世间的物象："鹅是水的声音"（《舞》，第 38 页）。"叶子像飞鸟。爬上紫藤的筋脉，直立地弯下腰"（《巫歌 A》，第 47 页）。"藤叶弯下腰来，背着墙偷偷哭泣"（《绿城堡》，第 129 页）。"一个人的村庄就这么简单／有一晨清爽的鸡鸣，有一晚遥远的夜空"（《漂在异乡的村庄》，第 2 页）。"坟碑上爬满紫藤，青苔和春天激动的喉咙／风吹过。偶尔听见潇潇音痕，像前世丢弃的经文"（《寓言》，第 19 页）……

他这样表述内心的潮润:"引领我走过去的不是我的眼睛/是我小小的湿了边沿的心"(《终南山的柿子树 B》,第 119 页)。他这样表达他的思念与爱意:"有时,我看不到你,便让叶子代替我看见"(《四月的雾》,第 96 页)。他这样表现一个有口难言者的念想:"想你的时候,口中念念有词/但是没有人,能听懂我疯狂的言语/只有你知道,我嘶哑的声音,在一遍遍呼喊:/小妹,小妹"(《浣溪沙——致王雪妮》,第 104 页)……

当我们看到这些让人惊讶的诗句,仿佛看见深秋一树的银杏叶闪亮在眼前和心头,我们可以确定,这是一位极具生命的感知力且心地纯良的人。

如果说上述诗句由于只是"摘句"而显得过于琐碎,那么,让我们看看他在不动声色间所描述的日常之物:

慢下来。时光深居在冬天,一字未变。词语
一直感动着春天辽阔的背面

旧书桌上刻画着指针,像悬在书吧屋顶的纸灯
也慢了下来。和着脚步,震响木板阶梯上盛开的年轮
　　——《慢下来》(第 158 页)

外面树影斑驳,红豆杉上鸟鸣声声
偶尔有一两只云雀的影子,它们走路的势态
像小时候铜铃一样摇摆的紫荆,像小时候的人、小时候的事
小时候可以听见的颤音:真好
我学着它们

>   轻声踩在玻璃瓶、塑料袋、干枯的檀香上
>   咯吱咯吱,脚下生风一样将大地踏空
>   突然,身后发出一阵从未闻过的舒卷的香草
>   ——《在野花谷风景区宾馆里》(第55页)

由此进而想到,它们都出自一位年仅20多的年轻人之手,我们就不仅没有理由怀疑,还能够再次确定,这是一位极有天赋、诗感极好的诗人。

左右的笔触具有鲜明的童话气质(实际上,除了写童话诗,如《每年,妈妈在海的另一边看着我》等,他还写童话,甚至画画)。一个人越是具有这种气质,他的内心就越是丰富,对世界的"扭曲"和"再造"力,对世间万物的"观照"力也就越强。

左右的"童话气质"并非完全表现——甚至也不主要表现在童话(诗)的创作上,而是体现于他想象力的独特方面。左右的想象力之独特,集中表现在他对自然物象的冥想,以及从他笔下流泻而出的自然的安恬与静谧上。关于这一点,如果说我们从上文所引的诗句里已略有感受,那么在《描摹时光》《叶房子》《寒时光》《故乡的云》等诗中,这种悄然、寂静和幽冥的特点可以说展现得淋漓尽致。以《故乡的云》为例:

>   ……故乡的麦子永远有最香的麦垛
>   在那个叫凉水沟的村庄,居住着绿色的蝈蝈
>   低飞的燕子,蚂蚁洞里的粮食满仓
>   葡萄架上晒着狐狸偷吃过的紫葡萄
>   人们喝着亮净的溪水,如山坡上羊群吐出的呼吸

一式一微。风在山野奔跑，牧农收割庄稼的镰刀停下来
坐在巨石上面等着锄头和月亮在脸上发光

每当饥饿来临，我就会想起故乡
总会抬头看云，它们是我安放在天上的口粮

那些云，打扮成蔬菜的模样
它们穿着蓝色的裙裾，灰色的鞋子，带着火红的帽子
立在大树上，一会儿看看我，一会儿看看惊梦
七月的大雨过后，每个异乡人肚子里的麦粒
在夜间离家出走

——《故乡的云》（第30—31页）

整首诗以梦一般的笔触和独语式的口吻道出。这种语势不是自白式的独语，而是带着某种"漫不经心"的内心松弛和自说自话的"呓语"性质，它不是有意识地说给谁听的，而是纯然地说出，纯然地道白。从这些诗行里，我们能感到一种与天地同在的自在与安然。也许正是由于诗人的耳朵"调皮地跑开"，才成全了他对内心的纯然关注，成全了他在自然中的舒展与放松，成全了他的与自然万物的同在感，成全了他冥想的气质与笔触。

"第六届珠江诗歌节·陕西新锐诗人奖"在给左右的颁奖词中说："上帝剥夺了他的听力，又在诗内赐予他过人的聪慧。"诚哉此言。阅读左右的诗，我们不仅在阅读一个诗人和他的诗作，也是在重新认领中国古老的智慧，认领得失的辩证法。

三

的确,在左右的诗中,有不少质地纯正,读来意味深长的好诗。其中包括《聋子》《回声》等代表作,也包括像《树林里》《给你》《誓言》《错过》《梦 B》《长信》《星空》《温存》《时光深处》《柴》等一些声音清越,令人耳目一新的短制佳作。

《聋子》代表了左右诗所表达的生命的痛感和复杂,生活的坚忍与困顿一类,其表意复杂,读来有一种浓烈和呛人的况味:

声音有没有颜色如同黑暗
声音有没有味道如同酸涩
声音有没有梦想犹如三天光明

声音有没有冷暖
声音有没有最初的爱

声音在哪里出生的呢,请你告诉我
我想在我的耳朵里也怀孕一些声音
我想在我的意识里也制造一些声源
我想将自己出卖给一个懂得声音的精灵
请你告诉我,外面的世界是不是喧嚣的

昨夜地震了,我没听见妈妈最亲近的哭泣

我最想要的答案

我想做一个能听见声音的聋子（第 135—136 页）

这首诗有十三行，前面五行以"有没有"的疑问呈现出一个失聪者对声音的种种困惑、疑问和猜测。接下来以"我想"表达了一个"聋子"对声音的渴望，言语间所表露出的内心纠葛与失聪的痛楚，先声夺人。最后三行则切入一个突发的意外（"地震"），无论是对事实的表述（"我没听见妈妈最亲近的哭泣"），还是对悖论的表达（"我想做一个能听见声音的聋子"），都让人有一种沉痛之感。

相比之下，另一些出色的短作，就温和、可爱得多。比如：

我喜欢月亮，让她嫁给我
做我的太阳
　　——《梦 B》（第 37 页）

永远记得。在地铁站口，车门快要关上的那一刻
我突然抬头，看见一张飘过来的脸

那一次，我看了你一眼，就喜欢了很久
　　——《错过》（第 41 页）

我要写一封很长很长的信
在火车上写，在月亮下写
四月的铁轨没有尾页。从信的开头睡去

写到天亮。安静的麦子,永远不会在冰冷的河水里醒来
　　——《长信》(第68页)

我要走进我的心脏最深处
找出你曾经给我的冷言冰语
用我的手心融化给你看

你曾告诉过我的,我会用一生去忘记
　　——《温存》(第102页)

每一首都很短,可称为"小诗"。也正如沈奇教授所言,"小诗不小"。它们简约、轻快,有一种单纯和隽永之美,更有一种纯粹的打动人的力量。简约,隽永,纯粹……这些极为珍贵的诗歌质地,不仅值得在阅读时细玩,更值得在写作一些篇幅稍长的作品时保持。

时间会证明,这些行制虽短、意味却长的佳构,能够经得起淘洗和检验。

四

据说,初试的啼声大都是难以完美的,虽然它自然、纯洁得可人。这句话包含着深刻的道理:任何一门"手艺活",它的真意都不只在于天赋的才能,更在于对手艺本身的习得和潜心琢磨之后的稔熟。

读左右的诗,感受着他的诗歌才华和丰盈的想象,想到他如此单

纯,如此年轻,如此满怀着童真与梦想,我们不禁会为之惊讶,并一再掩卷沉思:一个富有才华的年轻诗人,如何将诗的创作之路,走得更宽更远,更为沉着和稳健?

于是,我的目光变得严苛和挑剔起来。同时,有些诗歌让我读来隐隐感到不满的模糊的印象,也清晰了起来——这就是诗歌声音的纯粹度。无须讳言,一方面,左右的诗,其质地的纯粹性如果再高一些,就会少一些"散漫"和"杂芜",如果去了"毛刺",再少一些含混、分歧等干扰因素,就会变得更为清朗,纯一,清越。另一方面,左右早期的作品也收录在《地下铁》里,早期的作品相对晦涩和单调,无论是意境还是语言技巧,都还有改进的余地。但左右说:"每一首诗都是他的孩子,母不嫌儿丑。"在这一点上,左右对作品的保护意识很强,无论过去写得多差,毕竟都代表了他的成长和真实的脚步,不必苛求。

这种"毛刺"的出现,大概在于诗人的敏感和想象的丰富。不少有才华的诗人都是被他们一时的激情与灵感推动着写作的,这时,难免会"横生枝节",显得杂芜。在此种状况下,如果诗人过多地依赖激情、灵感、感受和想象,而缺少有效的节制,缺少在"删"和"改"上的"笨"功夫,就会使诗的音响显得杂而不纯,欠火候。比如下面这首《老屋》:

搬迁之后,老屋在冬天显得更老
积雪从树枝出发,盛开一冬洁白的祝福

老屋之外,简练的场景和色彩
在这个早晨出现,佐证大地的模糊

>   石板的间隙窝藏着岁月的秘事
>   瞧，喜鹊不知从何窜来
>   带走安巢的泥枝和睡眠的麦粒
>
>   背着霜雪的枇杷叶子飘下来，又飞回老屋一隅
>   寒冷的时光到来，又渐渐回暖（第25页）

整体看来，这是一首很不错的诗，但是在一些细节上却不时出现"倒刺"，留下一些没有剔除干净的"刺头"，读来就会给人不清爽，不顺畅的感觉。比如第四行，诗中的"这个"也显得多余，从诗的开头"搬迁之后，老屋在冬天显得更老"看，这是在描述一种比较持久的状态，虽然"我"可能是在"这个"早晨去看和观察到这一切的，但这种状态的出现，却不见得只是"这个"早晨才有的。从整首诗所描述的氛围和意境来看，更像是"无我之境"，不应局限于"我"而强调"这个"，而应着重于普遍性状态的描述。此外，这一行的后半句，"佐证大地的模糊"，似乎也给人不知所云的感觉，它与诗歌的难度和晦涩无关，而只关涉诗歌用词的准确性。实际上，在没有更准确的表述之前，删去这后半句，使这一节成为"老屋之外，简练的场景和色彩/出现在早晨"，也是达意和无害的。

第六行，"瞧"字似乎也该删去，因为"瞧"是"我"的声音，使之前作为旁观者描述这一切的"我"，成为所描述之事的介入者。当然，诗人觉得"瞧"无伤大雅，又创造了新的"不协调"音，感觉更好，也无不可。但是，考虑到全诗四节，前后每节都是以两行的形式展开的，为了行制看起来一致，自然和美观，该将六、七两行压

缩至一行，而为了避免由此带来的这一行太长，也该将"瞧"字删去。

当然，每个诗人都有他不同的语感，对以上的意见我们也许会见仁见智，但在仔细琢磨和精益求精上，我们应当是有共识的。

不过，即便有以上所举的诸种不完美，一如本文开始所述，左右的诗还是实实在在地打动了我们，因为它的真诚与独特，因为它的创造性和本源性。可以想象，经过悉心的洗沥与萃取，左右的诗将会怎样地打动人心。

左右喜欢被人称为"大小孩"，喜欢被称为"童话诗人"。他写了许多动人的诗，无论是对自然的描述，对童年的记忆，还是对生活的叙写与渴望，都是他的梦，是他从梦中醒来的"耳朵"，它们不仅让他听到了"暖音"，也让作为读者的我们听到了。为此，我们感谢他。不过，失聪和"失语"不是我想强调的重点，左右的生活完全不受失聪失语的影响，无论是面对他的诗歌，还是生活中的他自己，我们都不必刻意强调这一点。

左右的这些诗，也是他用不同的方式唱出的歌，无论高歌还是低吟，抑或嘶哑地呼喊，虽然不完美，却都以真诚吸引和打动着人，不仅赢得了众人的掌声，也赢得了众人的期待。

上述以一个严肃和成熟的诗人作为尺度，从由衷地欣赏作为出发点而开始的批评，既是我们作为"普通读者"（如果可能的话，希望能够是伍尔夫意义上的"普通读者"）的苛求，也是更大的期待和鼓励。我们希望，经此批评和苛求，左右的诗歌能够像他的那些出色的短作一样，拥有经淬火般纯粹的质地，发出纯正的清越之音，以更为持久的生命力，穿透岁月，唱响于未来。

十五 时序与创痛的转化
——读梁亚军的诗

失聪与写作之间有什么必然的联系么?阅读梁亚军的诗,想起更年轻一些的"80后"诗人左右,我不禁自问。相较之下,生性敏感的人更有表达的内在冲动。不过,敏感全然来自天性么?生活际遇不会像酵素一样,诱发一个人的敏感?《文赋》中说,一个人在阅读与时序的变化流逝中可能会文思涌动——所谓"伫中区以玄览,颐情志于典坟。遵四时以叹逝,瞻万物而思纷"。其实,生活际遇对人的心绪也会有很深的影响。许多时候,正是由于这种影响,一个人拿起笔。对于诗人梁亚军来说,似乎更显得复杂。我们很难说清楚是现实诱发了他的敏感,还是他良善的心性使得他更多地关注世间的悲苦。他的笔写出过"父亲"与"姐姐"的早逝;辛苦拉扯儿女长大成人的"母亲"晚年罹患癌症,以至病终;诗人自己则在17岁时意外地突发耳聋……诗中所写,不见得是现实的真实,然而可以肯定的是,其中的"父母"和"姐姐",一定属于世间的某个人。他们的不幸,都在诗人心里留下了深深的印痕。

不过,他在这个过程中并没有变得褊狭、乖戾。相反,他看上去仿佛有一种宗教般的平和与宁静。他那充满善意的脸令人印象深刻,以至于很难将他与其诗歌统一起来——相比他作为一个人的平和,他的诗中的悲苦似乎多了些。想想也好理解,因为诗是诗人悲悯情感的体现。在梁亚军这里,似乎更多的是通过将世间悲苦写下来,而去抚平它。正如贡布里希所提醒的,"在心灵的需求之中,拥有语言是首要的需求。"①

能够写作的人是幸运的,也是承受着生命重负的。梁亚军在这种堪称幸运的表达中,既关注了世态,也用自己的世行转化、承担了世人的悲苦。

一

与诗人左右一样,梁亚军的诗写了好些自身的失聪经验。收在他的个人诗集《画像》② 中的第一首诗,就叫《听障》。与听障相关的诗还有不少,《母亲也慢慢地学会了一些手语》《我不能说》《耳聋记》等等都是。其中,堪称此类诗之代表的长诗《耳聋记》,最为集中地体现了他作为一个失聪者的发现与感受:

在家里,母亲的话
总显得孤单
话说出来,只能自己听见
它们就像一群死士

---

① [英] E. H. 贡布里希:《敬献集——西方文化传统的解释者》,杨思梁、徐一维译,广西美术出版社 2016 年版,第 79 页。
② 梁亚军:《画像》,作家出版社 2015 年版。以下引自该书内容只随文注页码。

曾向我的耳朵里突围

三秒钟的搏杀

寂静就已得手

　　　——《耳聋记·14》（第 31 页）

这个向我说话的人

我知道，他确实想告诉我一些什么

他已经走到了我的面前

近到不能再近的距离

他的嘴几乎贴着我的耳朵

但距离的缩短

并不意味着我就能听见他在说什么

我的耳朵，在取消着他的言说

有一阵子，他一意孤行

把我的耳聋抛在了脑后

仿佛一把坚挺的机枪

这让我感到，他已经开始醒悟/

那个暗藏在我身体中的敌人

　　　——《耳聋记·13》（第 31 页）

我无法把两个说话的人和我加在一起

我更愿意把自己从他们之中减去

这么多年，我习惯了这样的逃避

就像这么多年，两个说话的人

一直被我看成是两台说话的机器

——《耳聋记·7》（第28页）

听不见之后，我的生活发生了这样的变化
很多事物都开始藏在暗处
但几乎是所有的人，都把声音藏在了喉咙
这样并不是说，他们因此就变得沉默寡言
相反，他们比任何时候
都让我感到聒噪，吵闹，说话的重要
……他们让我
不无感伤地感到自己的多余和滑稽
——《耳聋记·8》（第28页）

无论是失聪后，面对生活的种种新的遭际，还是这些遭际带给诗人的异样的想法，都仿佛投向生活角落里的一束光，让我们看到了暗处的肌理与褶皱。

总地来说，在这类诗中，诗人主要通过叙述——有时也会带入一些驳诘式的思辨，来营构全诗。在叙述时，他的笔触更显得放松、舒展，在概括和思辨时有时则显得有些"隔"。比如《耳聋记·8》，"他们让我/不无感伤地感到自己的多余和滑稽"，其中"多余和滑稽"所传达的意思我们不难体会，但是这两个词语——尤其后者，显然不是最准确的。在"他们"的谈话中，"我"为什么会显得"滑稽"？细究一下，此中尴尬、难堪、无所适从……或许都有，却谈不上"滑稽"。另外，这一句中的"不无感伤地"其实也可删掉，因为"多余"中就暗含了"伤感"的意味。

或许是因为与自身太切近了，写到这些有关听障的诗时，诗人的笔触似乎缺乏更为细致的推敲和打磨。比如《耳聋记·1》（也即《听障》）："在没有人的时候/我会对着镜子大声地喊/开始时我喊出声音/后来我就只会在心里喊/喊着喊着/在镜子里/我就看见了寂静的嘴脸"。其中，第一行的"在"，第四行的"会"，第七行的"就"和"了"字，似乎都可以删掉；第六行的"在"，可改为"从"，既避免与第一行的"在"重复，又表现出一种"从镜子里看见"的动态过程。类似的缺憾也存在于梁亚军的其他一些诗中，虽然没有这么突出。

二

的确，相比概括和凝缩式的书写，梁亚军更擅长于对生活中的一些场景进行感受式的叙写。这些场景，包括空间和事件，也包括时序的变化："村庄再一次/跨过了冬天的门槛/像一个人，起了个大早/是要在天亮以前，让我和他一起/走过鸡坡村的沟坎/把一筐粪，送到梁上的麦田//一张农历的脸，几声农谚一样的咳嗽/也是要告诉我，春色已有了三分/一分归了流水，剩下的二分/一分在村头，一分在村尾/雨一下，村头就绿了/风一吹，村尾就热闹了/闹哄哄的桃花，说开就开了"（《春天》，第70页）以如此低微的愉快写春色来到村庄，在他的诗中不多见。

下面这首，是另一个例外——以概括的笔触所写的"例外"之诗："风调雨顺的一年，雨水多过了往年/种瓜得瓜，种豆得豆/有人连夜播下麦黍，有人彻夜难眠/种子在底下破壳的声音/仿佛急促的鼓声在叫喊/这一夜，隔着很远/天子与贱民，诸侯和奴隶/包括村头的哑巴四叔都能够听见/历史在这一天,清晰可见/有人酿酒,有人宰牲/有人祭天,有人祭地,祭祖先/只有四叔不言不语/他的哑巴,仿佛来自遗传/来自对土地深深的感恩与理解"(《丰年》,146页)。这种开阔有度的概括性,虽然以具体的事来写,却左右腾挪,时空的景深感极大。

更多的时候,诗人不是单纯地写自然的变化,而是在季候变换中,将人与事带入诗行。这时,写作的重点就不再是自然物象本身,而是生活于其中的人:

    当我写下雪,雪已经下了一天
    雪已经住了一夜。它还要
    在这个小镇上多住上几天
    像一个人,在这个冬天
    住下来,就不走了……

    当我写下雪,我也写到了风吹
    我说:风吹雪花,扑打面颊
    我说:风呀,请你慢慢吹
    吹到一个人身上,但不要
    吹疼了我的眼睛和她鬓边花白的头发

    当我写下雪,我也写到了冷
    散失的体温,和一个人
    不断加厚的衣服。在这个冬天
    我知道她的身体

继续在向外，开裂……
——《当我写下雪》（第53页）

无需讳言，这样带着微抒情的叙述性写作，显得比较常规，甚至传统。不过，诗人能在这种传统的写法中很好地释放个体的生命经验，以惯常的方式将惯常的物事写得有情有味，还是很值得嘉许的。更不用说，这些诗中时有逸笔和神来之思：

在村庄东头喊一声，在村庄西头
就有人回应，声音一高一低
在枝叶间传得很远，一个村庄都能听见
三棵大树，姓杨，白杨的杨，
高高的树杈间一律都搁着一个鸟巢
剩下的核桃树，柿子树，槐树，椿树，梨树
它们的主人，姓刘姓王姓梁
他们的主人，换了一茬又一茬
有的已经睡到了地下
隔着沟壑，隔着阴与阳，相望两茫茫
在村庄，雨水来自天上，雨水不是风水
人间事，身后事，祖先的美德，荫庇儿孙
风，也是一阵又一阵
吹来了谷雨，芒种，白露
吹来了地上霜。鸡鸣狗叫，人畜兴旺
当暮色来临，也肯定是一盏灯叫醒了
另一盏灯，一缕缕炊烟在夜风中飘荡

很快，也肯定会被收归无有
像一个人，在夜色中走了魂
夜深人静，也肯定是闩门的声音，太过响亮
一大片月光，肯定照见了祖先深埋的脸庞
老银子一样，跳上了山梁。
　　　　——《村庄》（第48页）

这首《村庄》堪称梁亚军的代表作。诗中所写，是自己再熟悉不过的村庄，所以显得格外自如、舒展。令人叫绝的是，诗一开篇，就以不可能的可能，写出了一种出人意表的微妙动姿，甚至有些刘亮程散文的"诡异"。类似写法，在《安乐寨》《村子的西头》等诗中，都有不同程度的表现。和《村庄》一样，这些诗以叙述的客观和旁白的冷静，书写了村庄的琐碎，或者将自然与人事有机地绾结在一起，或者单写人事，看似松散，实则紧密。

相比《村庄》，诗人写起村里的人（如老木匠），也是有情有味，虽然不同之处是，带着对日渐空落的村庄的深深的失落："这个腰有点弯，背有点驼的人/越来越像一根老木头/身体里藏着木头一样的年轮/脸上的皱纹也像一根根歪斜的墨线……/一个村庄，曾经受惠于他的手艺/婚嫁，新房，甚至一根拐杖/一棵棵大树，对他也有回应/允许他想象……/他的老是从放下了手艺，一把生锈的锯子开始的/很多人开始出走，介于虚无和生死之间/直到时代丢给他一个放空的村庄/枯败的暮色里，只有几棵大树犹如故人/他在衰老，一根根木头在接受腐烂"（《老木匠》，第50—51页）。

这样的老木匠，有过农村生活经历的人，应该不会陌生。正如看到"哑伯"这样的人，也不会觉得陌生一样：

> 他身上有一种吓人的力气，我们都害怕
> 被他钳子一样的大手抓住，而他也乐于
> 在我们面前，让疯长的力气
> 在身体里窜来窜去。就像一出身体的哑剧
> 眼睛瞪大，嘴唇绷歪。他也更愿意
> 把你抱在怀里，一双青筋暴凸的大手
> 在你身上捏来捏去，听你喊他骂他也不生气
> 这样，仿佛就找到了一点活着的乐趣……
> ——《哑伯》（第103页）

诗人笔下的"哑伯"，或者类似的人，在中国农村可说毫不鲜见。他们因为先天或后天的原因，有这样那样的伤残，闲荡在村子里。只有孩子对他们好奇，成为他们可能的玩伴（当然，也可能成为相互戏弄的对象）。诗人注意到了这样的人物。他从这样的人身上看到了偏离出生活常态的特别，也通过这样的书写保留记忆，提醒读者的注意。这也是他作为诗人的价值之所在。

三

梁亚军在诗中写了许多生命中的创痛经历，除了17岁时突然降临的听障，各种"亲人"——诗中所写不见得都是"史实"，但他们至少是诗人的乡亲——以非常态的方式离世也对他的内心造成了深重的影响。也因此，他的诗笔就无从避免地，甚至是一再地写到这些生

命中的创痛经验。《母亲本纪》《天上的父亲》两首长诗，就是他对这一内容浓墨重彩的书写。这两首诗倾注了诗人深沉的寄托，无论从体量，还是从情感的寄托程度来看，都引人注目。

同样引人注目的是，诗人在诗歌艺术上的可圈可点之处。具体来说，就是诗人在此类写作中所完成的微妙的转换。比如他写"父亲"："多年以后/没有任何的意外，只是区别于父亲和哥哥/你长成了另一株土生土长的庄稼/从左手换到右手，镰刀变成了镢头/斧头变成了锄头。仿佛一块地/麦子换成了玉米，大豆/也像一头牛换成了另一头/一头猪换成了三餐和我们的新衣裳"（《父亲，你的一生》，第77页）。

这种看上去只是在简单的事物之间进行的转换，实在饱含着写作者的深情与深意。它几乎叫人应接不暇，不得不在阅读中停下来，反复沉吟、琢磨。更多的时候，他将自然的时序与"父亲"的死紧紧地创造性地衔接在一起，从自然写到人，也将自然与人结合为一体：

> 春天来了，那么多的东西
> 就要开始向外生长。我们等了你十年
> 你的坟头只是长草，仿佛你已
> 化身为另一个父亲
> 在地下也没有歇下来
> 又干起了为一个个草籽播种的活计
> 像多年前，你把种子撒进地里
> 这件事情，在你走了之后
> 我们干起来特别的恍惚与吃力
> 几亩地，现在缩小成几平方米

缩小成一个土堆

　　年年春天，春风都要从哪儿路过

　　年年春天，我们都要走到那儿

　　跟在春风后面，双膝着地

　　和那些泥巴跪在一起

　　默哀，垂泪。看着你，父亲

　　一天天把那面坡地弄绿

　　　　——《春天来了》（第81页）

　　无论这首诗是不是在特别的时节所写（比如清明时节上坟后所写），都不影响它的恒久的质地。诗中哀伤的语调令人动容，而他的笔触又极为节制，宛似坟前的低语。虽然"父亲"去世时"我"年纪尚小，但是他的缺席显然给"我"留下了巨大的心理空洞，以至"我"许多年都难以释怀。

　　同样令人动容，又感佩其诗思奇异的，还有写"姐姐"的诗：

　　姐姐，现在我要和你说说外面的春天

　　说说一朵桃花，说说你桃花一样的脸

　　说说那些柳叶，嫩绿的时间

　　说说这个你曾停留的人间，说说你比春天

　　还短的一生啊——二十八年

　　我都想好了，姐姐

　　去年我叫你姐姐，今年我和你同岁，明年你就是

　　我的妹妹。我希望时间是快的，老的

　　就像我如果再老一些

我都想好了,姐姐

你就是我的女儿

让我想起你,就老泪纵横

让我想起你,就把自己当作一捧搁在世间的骨灰

有手,已经握不住笔

有嘴,喊着你的小名

让我想起你啊,姐姐

就像一个老父亲,又老了一寸

——《悼金粉》(第90页)

这首诗是梁亚军诗歌中的精品,得到不少读者和论者的关注。另一些写到"亲人"的诗也时有佳句,如:"一颗八十岁的心脏要把能量/输送到遥远的神经末梢/就像大地的汁液,要爬上/一棵大树的顶端一样吃力,缓慢/但大地没有停下来/还是给我们带来了春天"(《爷爷》,第71页);"疾病终于将你击垮/你倒下了,姥姥,像一片叶子/在第一缕春风中,突然放开了自己/回到了土里……疼生疼,苦生苦/姥姥,原谅我,/听不见了/春天已经让我疲惫不堪,在死亡面前/看起来像一个没有心肝的少年"(《姥姥》,第64页)……只是遗憾,从整首诗来看,不像前述的精品之作那么令人叫绝。有句无篇,永远提示着写诗的困难。同时,也正是诗歌写作的魅力之所在。

虽然诗人如今已经离开村庄,居住在距离村子十几里路的小镇上,然而村庄永远是他的根,是他的生命出发和长成之地,也是心魂之所系。好在他内心的格局宽广。如他所写,不到二十平方米的两间小屋,由于"住着母亲/我就能把它叫做家/更大的是村庄/因为父亲死在这里/我把它叫做故乡/最大的是天和地/我一辈子也走不出去"

(《在这个尘世》，第47页）。他知道自己走不出去的是天和地，而不是故乡，更不是村庄。

梁亚军有文化的自觉，因此他写了像《周颂》这样的诗。不过，诗歌要想写得真实、贴切，或者需要通过具体的书写，或者需要通过高度的概括与思辨，才可能抵达。以诗写文化，概括和抽绎的方式可能会更方便一些。但这种方式也有潜在的危险，弄不好就会流于空泛。因此，相比他的这类诗，我更看重诗人从具体生活出发，又有所超拔的诗作。比如：

> 这大地上悲欢无常，到处都是埋人的地方
> 等天亮了，天亮了到处都是我们逝去的亲人
> 在大地上，身子一闪就坐在了青草和墓碑上
> ——《所有逝去的亲人都没有走远》（第49页）

这些诗句，写得既具体又抽象，既从感受出发又令人一惊，发人深思，经得起时间的考验。这样的诗，与其说得自技法，不如说得自诗人的颖悟。正因为有这样的觉知与感悟，对世间创痛的感受，才会像盐粒一样溶化在写作的水中，营养自己，也营养读者，并最终使他成长为今天这样，满怀善意与超然的平静的人。

十六 "这江南风物,终于伤害我成为一个诗人"
——炎石及其诗歌印象

大约是 2012 年 4 月,在南京先锋书店举行的一次"诗人雅集"活动中,诗人黄梵介绍我认识一位"陕西老乡",并特别强调,这是他所认识的南京校园诗人中最出色的一位。他所说的正是炎石。那次见面,炎石给了我几页打印的诗稿。我也由此记住了他羞涩的表情及其诗作《忆山蟹》。

《忆山蟹》有一个几乎是一句话的副标题:"那时尚不熟烹饪,喜拔其大钳,暴晒白石上。"语言文白夹杂,读来饶有兴味。全诗格调也是如此:

故乡无名山石下螃蟹
多是不知今夕的饮者,不串门,不在清潭里散步
负一身寂静的山灰,子时听蝉鸣
凌晨六点,随樵夫丁丁的伐木声微动大钳
山水凝然,不知所往

我啊!那时曾——翻过深山沟里的石头

> 有的石头已烂掉
>
> 有的石头覆满青苔，与植物浑然一体
>
> 受惊的鱼儿四散游去
>
> 惟石底的螃蟹，仿佛看透了生死，一动不动

　　这首诗之让人惊讶，不仅在于其叙述的老到，经验的真切，想象的奇特，更在于其语言的简洁，干净，成熟，全无学步者脚下的失衡和踉跄。很难相信，它出自一位 20 来岁的年轻作者之手。然而，事实就是如此。和这首诗一样，它让我们眼前一亮，也为之惊愕。

　　有时，确认一个诗人就是这么简单，通过短短的几行诗，通过其中的语言和叙述，就可以断定他/她是，或者不是。

　　后来看到炎石的其他诗作，知道他出生的村子叫"塔元村"，在他的村前或者村后，有条"塔元沟"，那里有他的童年，他的生活经验（《我所爱过的螃蟹》）。有理由相信，只有这种属于个体自身的生命经验，才知道螃蟹"不串门，不在清潭里散步/负一身寂静的山灰"，只会在"一一翻过深山沟里的石头"之后，了然"有的石头已烂掉/有的石头覆满青苔，与植物浑然一体"。而炎石之为诗人，得益于他的这种经历，也得益于他能准确地对此经历进行诗性的叙述——这一点很重要！在《雾霾诗》中，他曾这样描述地铁中的情形："肥胖的拇指燕子一样/在屏幕上划来划去。人不断地涌进来/像秋后装入蛇皮袋的粮食，不断地抖动、扎紧……"然而，炎石之为出色的青年诗人，最令人称道之处并不在于此，而在于他的独特的"诗感"，在于他能感知到"山水凝然"，能够写出螃蟹"负一身寂静的山灰"，且在"子时听蝉鸣"；在于他能够"洞见"到"石底的螃蟹""仿佛看透了生死"，才"一动不动"。这才是炎石之为炎石的最

精微之处，也是炎石区别于大多数诗歌写作者的最出彩之处。

也因此，看到"吃完饭，她们都来河边洗碗"，他才写得出这样让人惊叹着哑然的诗句："黄洋瓷碗，白洋瓷碗，蓝洋瓷碗……/莲花一样在水中旋转/她们垂下长发如柳枝饮水"（《溪水边》）。必须指出，在这首描述乡村生活的只有短短八行的诗中，其出人意料的精彩之处，实在太多，几乎每一句都意味丰赡，意境悠远，让人回味再三。仅第二行"碗"的罗列，就不仅直接赓续了民歌的某些叙述方式——无论诗人是否有此意识——如素朴的表述，重叠，复沓等，也在"谣曲"般的语调中，将强烈的画面感和色彩感呈现在读者面前。"碗""莲花一样在水中旋转"，洗碗的姑娘"垂下长发如柳枝饮水"更是令人称叹不已！

炎石有一种异常出色的感受力，以及将这种感受力诉诸文字的准确——就像他所学的工科专业要求的那样。

他说，流水"劈开"圆石做的小桥（《在溪边》）；被鸟啄空的清晨，溪水又"敲打"起我们迟钝的耳朵（《杭州，2013》）。他说，"大海像一位绅士的银鱼在吃早餐//闪闪的桌布铺开我们蓝色的胸怀"（《咏怀》）。他说，"薄雾悄悄，建造着理想主义者的山谷"（《咏怀》）。他说，"拥挤是我们另一个不美的情人，而虚构/出来的月色是美酒"（《咏怀》）……

他这样写"失败"和"灰尘"："他心有不甘。而失败就像是灰尘/它们聚集在键盘的缝隙里、灯管上、潦草的纸屑中//这一辈子，我都要去打扫这些灰尘/把桌子擦亮，将车子洗净，鞭棉被于青天白日下//灰尘腾起来像一位暴君的野心，又重新/占领了我的妻子、水杯、墙上的复制画、水里的鱼"（《咏怀》）——将"失败"和"灰尘"这样拈连在一起，既是比喻，又是对举。与灰尘一样，失败无处不在，无往而不胜，而生活就是不断地"除尘"，不断对"失败"的反诘，虽然最终它还是会重现占领"他"（也是"我们"）的一切，使之"蒙尘"。如此朴素而又具有象征性的描述，与其说是对西西弗斯式荒诞的重写，不如说是对生活情态的某种揭示与了悟。对此情境，以"他"的"心有不甘"去观照，意味就更加深长、曲折和复杂。

炎石善于发现充满悖论和张力的情境："此杯中有浅浅的不尽深情"（《咏怀——悼维庸》）。"茶叶如此近，仿佛要伸进嘴里让我们尝一尝"（《杭州，2013》）……当我看到这样的诗行——"我望着并不存在的窗外/把完整的绿色橘子一船一船地撕开"（《咏怀》），我几乎傻眼了！在剥开的橘子瓣与船的形似，以及橘子与船的大小反差的并置下，我们的目光和神情似乎也有些恍惚了。

炎石的诗作，大多古意盎然，他在诗中使用了当下许多诗人都放弃了的"对偶"方式，写出了"衰草犹绿，而香樟红落"（《咏怀——悼维庸》），"我要去喝酒啦，一个人又何妨/明月里多少老朋友，秋风中多少旧相识"（《咏怀》），"趁草径未现蛇蜕，多走走吧/绕湖一围，让热风也尝尝冬日的冷酒"（《某日与唐和才游兴庆宫公园》）等让人眼前一亮的诗句。这些句子镶嵌在整首诗中，竟没有显出"音差"与"杂色"，没有不协调之感，这大概得益于炎石对诗歌"声音"的把握。在他的诗中，常有一种谐调稳定的声音贯穿诗的始终。不仅如此，虽然写得古意横生，他的诗却没有丝毫的旧情绪，整个叙述都显示出他的诗歌创作有着确切的前提和坚实的基础，是属于当下的。

一方面对他写作的基础尤其明晰，另一方面由于汲古深厚而底气充足，炎石大胆而又富有创造性地化古，比如"衰草未绿。若绿，便绿往远方"(《在流徽榭——赠舒思》)。在创造的同时,又将"草色遥看近却无"化在其中——并非被古所化,而是化古为今,将古意消融、润染在他新的诗句中,让我们在吟味中辨识它对古意的消化,与古意的呼应。《述梦》一诗更是通篇的古意,简直像一幅中国古代山水画卷,一幅"山居图":

> 仿佛山居图中,曲水是腰带,古柏是大伞;
> 我们蓄长发,穿着宽松的衣服。
>
> 只因年代久远的缘故,红润的脸发黄、变暗,
> 皴裂成奥秘的文字,至今也无人能识。
>
> 背着手,踏上一个小丘。我们远望,
> 谈及小舟与大宇,说大鹏不过是一只蝙蝠。

而诗人就是那个蓄着长发,穿着宽衣大袍,袒胸露肚的山居者。这是炎石的"梦",是他的另一种向往。据说,炎石中学时就喜欢读古书,大学时更是愈读愈古,从蒲松龄到王维,到《世说新语》,再到《庄子》,他似乎在一路上溯,进行着精神的朝圣和诗性生命的自我认知。

炎石自称"咏怀诗人"。他的不少诗歌都以"咏怀"为题而写就。那么,他的所"咏"为何"怀"呢?在他的诗中,通过酬唱、寄意来抒怀的不在少数。而这些是在离乡南去,与故友亲朋拉开距离之后,才有可能。正如炎石在寄赠给朋友的一首诗中所说:"这江南风物,终于伤害我成为一个诗人"(《在流徽榭——赠舒思》)。"伤

害",实为"造就"。诗人之所以说"伤害",是因为他在"江南"才成为诗人,是"江南风物"感染了他的愁绪,成为"咏怀"的诗人。

炎石从中学起就开始写诗,到了大学,渐入佳境。这应当归因于他的成长(爱好文学,迫于家人的压力而不得不选择工科),归因于他的环境和际遇(在南京的大学中,他有幸得到黄梵、马永波、张叔宁、江雪等多位诗人老师的指点与鼓励),也应当归因于"江南风物"与"陕南风俗","南京(城)"与"山阳(县)"甚至"塔元村"的距离张力和自然文化差异,对诗人造成的强烈冲击。由距离而引起的思念与怀想,以及城乡对比下的紧张与纠结,都对诗人造成了空前的冲击。入城愈深(如生活和思维方式的变化与差异,观念的变化与内在紧张等),此种张力就愈加强烈和明显。这一点在炎石写"父亲"的一首《咏怀》诗中表现得最为突出:

就在昨夜,父亲将存了四十年的勇气传给我
他躺在床上,刚挂完点滴

像吸收一阵秋雨,身体里的衰草有一些复苏的景象
静脉上的针孔还没有消失

他看见壮年正向他挥手告别,他的伤心
或许只有方向盘看得见

在乡村小道,在高速公路,甚至在某截干涸的河道边
泪水浇透每一个日子

> 他在一阵稀薄的温暖中睡去
> 在塔元村寒冷的秋夜,在南京淅淅沥沥的中国

在这首堪称经典的诗中,虽然距离的张力在最后一节才被轻描淡写地道出,但是前面四节对父亲的叙述却只有在"塔元村寒冷的秋夜"与"南京淅淅沥沥的中国"的对照下,才能得到凸显,显出立体。在这首诗中,每一节的叙述都可圈可点,从"父亲将存了四十年的勇气传给我"到"像吸收一阵秋雨,身体里的衰草有一些复苏的景象",到"他的伤心/或许只有方向盘看得见",再到"泪水浇透每一个日子",直至最后,超出正常语法的,"在南京淅淅沥沥的中国",我们似乎看得见诗人婆娑的泪眼,看得见他对父子之间不理解的消泯,看得到他对父亲从人性和悲悯意义上的理解。

在仿佛是描写他大学毕业走出校门的一首诗中,炎石这样写道:"背着大包。扛着卷起的竹席。我在想/一位诗人该如何完成他的秋天。//……我背着围城、尤利西斯、辛弃疾和瓦尔登湖/我背着荒原和万种闲愁。//我扛着卷起的竹席,/就像身怀绝技无法施展。"(《晚归的路上》)。结尾的叙述尤其让人在忍俊不禁的同时,又深深慨叹,甚至感到悲咽。无论从诗还是从现实上看,炎石在专业学习和讨生活的能力上,都不算是个成功者。好在他身怀的"绝技"能够在诗文中施展,在另一个世界诗性与永恒的世界里施展。炎石足可自我告慰,把酒临风了。

作为读者,我们也因此而幸运——因为有炎石给我们诗的兴味与徜徉。在《春愁细似无》这首诗中,炎石将"细似无"的"春愁"描述得让我一再惊叹:

> 春风里,我们做起第八套广播体操
> 杨絮填满我们站就的方格子里
> 那时候我还没有压断板凳的春愁
> 但已不知不觉学会了恍惚
> 当我们列队归去,歌声比往日涣散
> 当老师说上课,有几个人忘记了起立

如今,也让我们在炎石的诗所营造的愁绪里,恍惚,涣散,忘记其他吧!这是诗所带给我们的难得的幸福,让我们放下日常的计较,久久地徜徉其中。

附录一
缅怀、重审与写作的界限
——"纪念胡宽逝世20周年诗歌座谈会"上的发言

刚才,胡宽(1952—1995)生前的好友林宇先生谈到10年前他和《南方周末》记者商量撰文纪念胡宽逝世10周年,最后因为缺乏材料而没有下文的事,实在令人遗憾。以10年前的文化氛围,《南方周末》文化版的影响力,还是有可能为胡宽及其诗歌做些晚来的"翻案",至少是一些补偿的。可惜机会又一次错过了,留给我们的只有再次的唏嘘。

从朦胧诗开始到第三代诗歌,再到90年代及至21世纪以来的今天,陕西诗人在整个大陆当代诗歌版图上所占的份额非常少,能排在一线的诗人就更少了。以胡宽写于20世纪70年代末80年代初的诗来看,它们完全可以为胡宽挣得一个应有的位置,也可以将陕西诗歌的整体高度在当代中国的范围内提高一个台阶。可是非常遗憾,在胡宽生前,他的诗基本上只是在很小的朋友圈子里流传,而没有被更多的人,尤其是当时走在前列的诗人和诗评家所关注。虽然胡宽生前的朋友也谈到,早在80年代初,胡宽就接受牛汉先生的邀请,去《中国》杂志社改稿子,并被介绍给北岛、杨炼等当时已崭露头角的朦胧诗人认识,其诗作也获得了后者的认可,但是这样的认识,从文学和文学史来说，含金量不高。因为它既没有使胡宽进入北岛等人的诗歌圈子，彼此也没有在诗歌艺术上展开更多的交流与反馈。这使得胡宽在此后的10多年里继续他的诗歌写作方式，缺乏自我更新，也缺乏在诗歌创作上的自觉和反省。

这就引出了另一个问题，如何看待胡宽的诗。虽然也有与会朋友谈到，胡宽的诗非常好。对此，我不想单纯地肯定或否定。我觉得必须面对一些疑问，即胡宽的诗到底有多好？好在哪里？有没有缺陷？有什么缺陷？

10多年前，我还在广西上大学。有一天，从学校附近的旧书摊上看到一本《胡宽诗集》，就是那本在胡宽去世后，由朋友们捐资、漓江出版社出版的《胡宽诗集》（漓江出版社在广西桂林，所以当时很容易见到漓江版的书）。我从高三开始偷偷写诗，到大学中途，已经写了好几年，所以平时也比较留意诗集。我记得当时在旧书摊上翻阅《胡宽诗集》的一个感觉是，胡宽的诗是未完成的现代诗甚至后现代诗。为什么说是现代诗甚至后现代诗？因为胡宽的诗没有许多官方刊物上诗歌的那种令人肉麻的抒情。他的诗写得奇崛，放纵，恣肆，甚至化丑为美，又杂糅了蒙太奇式的拼贴、垮掉式的颓废，甚至大胆的身体写作，等等。再看诗的写作时间，比如年份，对照一下同时间其他当代诗人的作品，就会看到他的诗歌写作的先锋性和价值。但是，除了这些优点（或说特点）之外，又让人（尤其是我，一个刚开始写诗不久的后来的诗歌写作者）感到，这些诗写得杂而不纯，缺乏必要的收束、修整和处理。甚至说得更简单粗暴一些，缺乏必要的文字上的修改。虽然诗可以成为诗人的宣泄，但是艺术有自身的衡量标准，既然我们要把它当作诗——而不是一个人业余的涂鸦来看，那对它就有相应的专业要求。这个要求和标准是什么，则是另一码事。无论如何，我们难以否认它们的存在。否则的话，写作就失去了基本的界限，从根本上来说，也就取消了写作本身。

上面所讲的要求和标准，我觉得，更多地存在于一个写作者的内心。一个写作者在他的阅读中，自然会形成一个基本的判断，这首诗好不好？好在什么地方？缺憾在什么地方？如何处理？从我个人的阅读和写作经验来说，我觉得胡宽的诗缺乏修改，缺乏诗意上的精纯处理。这也就是我为什么说他的诗的现代性乃是后现代性，是"未完成的"。我不能说胡宽在诗歌上没有过语言关，但我觉得他的语言的确有问题。这是我当时在书摊上翻阅《胡宽诗集》的感受。10多年后，我仍然觉得这个感受没有大错。

虽然我说胡宽的诗是"未完成的现代性"，但是当时我翻着诗集，看到胡宽是陕西的诗人，而且在我的家乡宝鸡工作过，当时还是有些激动，就买了下来。这也算我和胡宽所结的一个缘分吧。不知道是否因为这个缘分，我今天才来参加纪念胡宽逝世20周年的座谈会，借此缅怀这位已经去世20年的前辈。这是没有想到的，却是让人想起来颇为感慨的。

前些天，我正巧看到康正果的一篇长文：《诗舞祭》。康先生也是胡宽生前的朋友，20世纪80年代初有段时间与胡宽过从甚密，研究生毕业后在西安交大做老师，1994年移居美国，在耶鲁大学东亚系任教。在这篇长文中，康正果对胡宽的人和诗有过许多描述和评论。我认为，这也是目前所见到的谈论胡宽及其诗歌非常重要和深入的一篇文章。其中不少叙述和论点我十分赞同。以下，我引用他的话，分四点来说。

第一，关于胡宽20世纪80年代初的诗给人的印象，康文说：

  我不能十分清楚地想起当时翻阅胡宽诗稿的印象和感受，只记得他的诗歌语言俏皮而奇特，与我那时在《诗刊》上常读到的作品迥然不同。按我那时接受诗作的参照系数来作比方，我觉得他的诗风颇有惠特曼式的自由喷吐和马雅科夫斯基式的古怪联想，可以说是在浪漫主义影响的底子上掺杂了垮掉派的嚎叫，黑色幽默的辛辣，以及有点荒诞味的中国式无奈。他的过于散漫的长篇，就我那时的阅读趣味而言，理解起来还是颇为吃力，甚至失去耐心，但个别的诗句却从杂乱中脱颖而出，使我至今难忘。比如一首题名为《银河界大追捕》的长诗，我现在还能想起其中的一句是："世故的秃顶上冒出了理智的铅块。"①

这个参照式的定位，可以呼应前面几位朋友所谈到的观点。

第二，关于胡宽个人的生活和性格，以及他为什么不寻求发表的原因。康文回忆说：

  他没有特别的计划，缺乏安排自己生活的能力，他的起居总让人觉得杂乱无章。当他拉开抽屉找什么东西的时候，你会看到里面塞满了杂物，有发霉的干馍块，有挤瘪了的牙膏瓶，有纸张和散落其间的火柴棒。读他那首无序膨胀起来的《土拨鼠》，我首先联想到的就是他拉开抽屉找东西时的情景。

  ……

---

① 康正果：《诗舞祭》，华东师范大学出版社2015年版，第28页。下引康文内容，只随文注页码。

> 我不知道胡宽是否投过稿，我只知道那时候他的诗还没有一行变成铅字。当时我们几个人的发表意识还很淡薄，因为我们觉得自己的稿子被接受的可能非常之小，而且我们也缺乏按照条条框框写作的能力，我们只能满足于圈内的传阅……我们都没有过多考虑如何争取发表的门道，我们还不太懂出名和挣稿费的好处，也没有碰到必须在评定职称的表格上填写发表了什么作品的压力。总之，我们没有任何要跟上大流的迫促之感，小圈子内的互相欣赏共建了家园般的安乐，努力写诗的胡宽安于这样的沙龙气氛，他一点也不清楚当时诗坛上发生的事情。
>
> 胡宽从一开始就是一个孤单的夜行者，他始终滞留在诗坛的外层空间，在艺术的失重状态下，他向他眼前空旷的白纸发出了没有回音的信息。他喷吐着他的弥天的蛛网，却从没有确定把网结在什么地方。（第29—30页）

从外在的原因看，生活相对比较宽松，没有发表的紧迫感，同时，也觉得他的文字很难被接受，索性强化了俱乐部的心态。从内在的原因看，与个人性格以及由此而来的没有比较清晰的目的感和方向感有极大的相关性。——这也几乎可以看作一个有趣的，具有普遍性的现象，后来在西安写作、成名并占据"要津"的，大都不是胡宽这样的"世家子弟"，而是出身农村，没有什么根底和背景的人。或许也与后者身处底层、穷则思变有关。

第三，关于胡宽不为人知的遗憾及其原因：

> 胡宽一直都是一个自居于边缘的人物，他从开始写诗就同当代新诗的走向极不合拍，他的默默无闻主要是他自我埋葬的

结果。几十年来的中国，变化多端的现实使得越来越多的人占尽了机会的光，从做学问到做生意，你要是赶不上潮头，就很难碰上出头的一天。"何不策高足，先据要路津"，这两句古诗确实精炼地概括了当代中国人的行动取向。因为这里的世界已被大小权力划分为不同的领地，只要你选择了介入，你就得争取捷足先登。这里依然是一个团伙社会，你排不上那个队，就入不了它的流。比如，一些人正好跟上了文学或政治的特殊上下文，即时地发表了有影响的作品，他们一下便敲开了文坛的大门，即使此后再没有写出更重要的东西，他们也可以旱涝保收地耕耘下去。一伙人自己成立了诗社，出了诗刊，发了宣言，立即便造成声势，被承认为某某诗派，从此他们就互相支撑着成了气候。社会已经习惯了对既成的事实说算数，只要你挤了进来，就有人认你的账；只要你登上了台子，就可以从容地往下演。但你若被关在门外，始终只是个无名之辈，那就成了另一回事。就像汉代的一位儒生，他身上揣的竹简始终找不到投献的机会，三年下来，竟在怀里磨灭了上面的字迹。（第34—35页）

"他的默默无闻主要是他自我埋葬的结果"——大家听到这句话，也许觉得很受刺激，甚至很伤感情。我也是。但是仔细想想，又不得不承认，它是有道理的。同时，这里也讲到了外在的际遇等，不幸，惋惜，种种慨叹都有。而这也可能是每个人——包括我们在座的各位都会遭遇到的。我觉得，对于这一点，我们有清醒的意识，就像赌博一样，对于可能的输，要能够承担，要看开。赶上了是运气，赶不上是命。不仅在写作中，在生活的其他方面也是如此。要

"认"——认命,要愿赌服输。因为相比身外名,最终留下什么作品,才是最重要,也是最根本的。

这就引出了第四点,也是我上面已经提及的——作品本身的纯粹性及其专业标准和尺度的问题。对此,康文说:

> 西安的不少朋友后来都为胡宽在诗坛上的长期落寞甚感不平,但应该在此指出,这个遗憾基本是胡宽自己的选择造成的。以发表为目的的作者都懂得如何在提笔前先给自己划好框框,或在完稿后修改得无可指责,胡宽的写作则只从他个人的经验出发,只按照他自己习惯的方式说话,自然,他也就只能把他完成了的诗篇作为稿本堆积起来了。……
>
> 对一个诗人来说,不幸的事情也许并不是受到了同行之间的排斥,而是始终只听到外行朋友不关痛痒的赞许。这样的赞许听多了会麻痹他写作的自信,会使他在一种虚拟的光环下丧失自省,以致他沉溺于自己既成的表达方式,并把它风格化。而如果他有机会与其他写诗的人交锋,即使是他们之间文人相轻,也会有一定的从反面塑造他的效果。我觉得胡宽的困境在于他一直游离在诗人群体之外,这使他错失了交流和调整自己的机会,使他的幽闭状态中储备了过多从自我中心喷射的冲动,以致他的诗句总是毫无节制地铺陈出扇面的堆积。他的写作于是呈现了与他的生存境况同构的态势,在他的不必经常上班的散漫生活中,写诗成了他日常表达的一种惯性行动。他更多地仗了自己的才气、激情和直觉,但在语言的控制、操作上却少了必要的讲究。因此,尽管他的笔下随时都会流露出即兴的妙语和俏皮话,但往往是喷吐的倾泻淹没了应有的斟酌,结

果便让随意性太大的语言堆积物充斥了诗行。一方面，自言自语式的写作纵容了胡宽在表达上的放任，另一方面，电影放映站的闲差则为他长期维持这样的生活方式提供了牢靠的物质基础。……胡宽若没有他那个不必经常上班的工作，他就从根本上失去了悠游岁月的空隙。很多舞文弄墨之士总喜欢埋怨这种体制埋没了自己的文才或画艺，殊不知正是它的臃肿的存在豢养了他们非专业化的爱好。（第35—36页）

这段话所说，不只是按照发表的要求写作的问题，还有一个写作者如何按照写作艺术本身的内在规律和要求，而不是按照一己的喜好来写作的问题。对于写作本身，这后一个问题，当然更为关键。

最后引述的这段话，也对胡宽的诗歌写作问题提出了比较尖锐的批评性讨论，我觉得这样的讨论是非常有价值，也是非常有启发的。虽然这样的说法没有做到为故者讳，但是这样坦诚与肯挚的话，相信逝者听到，也会认真思考和对待，而不会生气的。我在这里不惜烦冗地引述康正果这些文字，更是因为自觉到，这些与其说是对逝者说的，不如说是对生者——尤其是我们这些接着前人的笔，继续写作的人说的。它让我们时时清醒真正的写作，其边界在哪里。逝者已逝，所能期待的，只有后来者通过自己的写作对历史进行刷新。这也是我们的重任之所在。

附录二
一个诗人学者之于大学的意义
——在吕刚《诗说》座谈会上的发言

这个座谈会是为吕刚老师新近出版的《诗说》[1]一书而开的,从某种意义上说,也是他在西安建筑科技大学文学院工作的一部分——是建大文学院为她有着30年教龄,教学、研究和创作都卓有成绩的老师、学者和诗人开的,也是文学院自我认识、自我观照的一个契机。作为吕老师的同行、朋友和晚辈,我对建大文学院此举表示敬意和感谢。

印象中,吕老师一直是个很慢的人。舒缓、从容,仿佛从来不着急、不促迫。慢有慢的好处。慢慢地走,一眨眼,30年也过来了。等的来了,比如一部部新著的出版;没等的也来了,比如今晚,场面如此热闹、叫人动容的座谈。

我到西安工作,有四年多了。认识吕老师,也已四年多。从过去的四年来看,我觉得吕老师既是我在西安城里所见到的戾气最少的人之一(在西安的四年中,我曾遇到不少玩刁耍横、充满戾气,或曰"负能量"的人),也是我遇到的最洋气的人之一(西安这个西部城

---

[1] 吕刚:《诗说》,陕西师范大学出版社2017年版。

市、"内陆深处"的城市，从价值观念到审美趣味都太"土"，太落后），同时，还是我认识的写作者中最少俗名的人之一（西安的写作者从全国范围来看，都应该说为数不少，可是很多人都趋名逐利，名声大于文字，不少人在圈子里混了个名，笔下文字却没有多少像样的，真正懂文学的更少）。

吕老师的很多特点，其他在座的老师都从不同角度谈到了。以下我只谈两个问题。一个是吕老师对于建大文学院，乃至整个建大的意义；另一个是吕老师能为以及还能为建大文学院，乃至整个建大做些什么。

前一个问题，即吕老师对于建大文学院，乃至整个建大有什么意义。我想，这个意义至少有四条。

第一，吕老师是建大文学院，乃至整个建大的一道风景。

近20年来，国内高校被打着"科研"旗号的论文、项目、获奖等事务所宰制。知识分子鲜有能从中挣脱，保持其"自由之思想、独立之精神"的。吕老师也难以幸免。好在他发现自己"不擅长"，也无意投身在这些无聊的事情中之后，主动地或者不得已地选择了"退步"和"自我边缘"化。退而追求他喜欢的读书、写诗，做一个人文知识分子最基本也最分内的事。他因此得了清静，也在相对的清静中自我"塑形"，成就了一个诗人和师者最为本然的样态。

我并不否定"科研"，它当然有其自身的意义。对于"一格一格降人才"（吕老师语）的当下来说，似乎也必不可少。我只是想说，一个大学——尤其是一个大学的人文学科，除了做"科研"之外，总要有一些人，以他的人、以他的身体力行，乃至整个生命存在，来体现一个人文学者、一个书生和一个老师的基本风度。说严重一点，就是在一个人身上外显出他所追求的、能够令人敬重的价值观。同样，一个大学在"科研"这些硬指标之外，总还要有一些能让学生记住、觉得有意思的老师，有可供学生流传的"故事"和"话头"（这也会成为学生对母校眷恋的重要原因之一）。按照陈平原教授的说法，后者才是一个大学看不见的"软实力"。对于人文学科来说，即便不是最重要，也是同样重要的。在我眼里，吕老师就有这样的风度。估计他也是被学生谈论、说道的"传说"最多的师长之一吧。

吕老师有两行诗，王仲生老师也提到了——"姑娘的一双美腿啊/简直要走成两行诗呢"。吕老师看姑娘的美腿是诗，其实年轻的学子们看吕老师，可能也是诗呢！所谓"我看青山多妩媚，料青山看我亦如是"。吕老师是经得起看、经得起说的。

第二，就像沈奇老师常常自嘲是西安财经大学免费的"驻校诗人"一样，吕老师是建大不支付额外费用的"驻校诗人"。

"驻校诗人"作为一种制度，最早在国外一些大学存在。它的作用是在具体的教学研究之外，更多地呈现出一种文化和精神的引领，是大学校园文化建设的有机组成部分。这种制度被引进国内，也不过是在不多的几所大学里出现了"驻校诗人"和"驻校作家"。建大有幸在10多年前请到贾平凹老师做文学院院长，之后又"挖"来吕刚老师任教。后者是没有被公开承认而有其实的"驻校诗人"。这种存在对于提升一个大学，尤其以理工类见长的大学的人文精神风貌与高标，有着重要作用。

第三，吕老师的文章，正如刚才好几位与会者提到的一样，是有文章学的意义的。他的文章不是枯燥乏味的"科研论文"，而基本上是兴会之作。他的文章的笔法、文气和判断，大致源于朱光潜、夏志清、汪曾祺等几位先生——在活法上，与汪曾祺更近。所以像仵埂老师所讲，他的文学判断不是思想判断和社会判断，更不是意识形态判断。从某种意义上说，他是站在文学内部的人。他的文章不蒙人、不诳人，说理透彻，同时因为有随笔气，读来亲切随和，不用正襟危坐，随你趴着读、躺着读……怎么舒服怎么读，很容易便读进去，并且读得令人很愉快。就此来说，他的文章对于社会上的读者，更有"摄受力"，学院之外的普通读者们更能从中得到陶冶、涵化。

第四，吕老师是建大文学传统的重要组成部分，也是其文学传统承上启下的一个重要环节。

像建大这样以工科为主干的大学，实在地讲，人文学的根底相对比较薄弱。建大文学院建院不过15年，汉语言文学专业招生不过14年。对于这样几乎没有什么先天优势的专业，建设的方式之一，是在成立文学院之初，请贾平凹老师做院长。其目的也是"移栽"来一棵大树，以便建立自己的传统。在"50后"的贾平凹之后，"60后"的诗人、学者，除储兆文老师外，就是吕老师了。虽然吕老师一直不显山不露水。吕老师、储老师之后，是"70末"的贾浅浅、"85后"的杨则纬……如此，一个文学创作的传统就形成了，一代又一代的老师们之间的"接力赛"和传承关系就形成了。从这个传统来看，吕老师无疑是一个承上启下的"中坚"人物。

就中文这个专业来说，建大和沈奇老师与我所在的西安财经学院一样，无法与综合性的大学如西北大学、陕师大相比。从学术研究的积累和发展来看，更是如此。那么，这些院校的中文专业，它的专业特色在哪里？或许就在综合性大学不怎么看得上，或者也无从"培养"的创作实践上。从这一点来看，吕老师及其前前后后既做研究又搞创作的老师，他们于有意无意间形成的传统就更为可贵。

以上是我说的第一个问题，吕老师之于建大文学院，乃至整个建大的意义。

接下来谈第二个问题，吕老师能为以及还能为建大文学院乃至整个建大做些什么。

吕老师的《诗说》，如其"后记"中所说，是个"合集"，虽然也说了"合"的理由——"诗论""诗评""诗作"都是有关诗的文字，实际上，和他7年前的上一部书《诗文记忆》一样，是个"杂拌儿"。如此诗文合集，其实有不得已的一面，就是各类文字都写得太少。

所以，我想吕老师接下来可以做的事情，是在教学工作之外，第一，乘兴再写一些反响非常好的"诗论"文章，然后单独集成一书，就像朱光潜的《诗论》一样，篇幅不大，却掷地有声，独成一家之言。

第二，每年旅行回来，再努一把力，写一些游记散文，几年之后，集成一书。诗人的散文，一般来说，都是不错的。吕老师的散文，更是具有他的特色：文字简洁，富于诗意，多有细节，内涵幽默，点到为止，多有会心。以吕老师的散文水平，不敢说包揽国内的各项散文大奖，获得半数散文类的各种奖项，是不成问题的。这样，也好为建大文学院增添一点荣誉，做一点事。——在座的有写散文、懂散文的老师，当知我所言不虚。

第三，陆续再写一些诗，在退休之前，单独出一本诗集，也算给他写了几十年诗，做了几十年的诗人有一个"交代"。同时，也在成为文学院，乃至整个建大的一道"风景"之外，为他自己、为学校做一点"实事"。到时，我们也就有理由再聚到一起，言欢庆祝。

第四，是我和吕老师正在合作写的一本书，因为还没有完成，就不多说了，这本书的"线索"就埋在《诗说》当中，有兴趣的朋友，可以找找看。

讲到这里，忽然想到吕老师对《诗说》腰封上的一个错误耿耿于怀一事。腰封封底上有一句"那片浅草的低级趣味"，是吕老师的一句诗。这句诗少印了一个字，就是最后的"啊"——"那片浅草的低级趣味啊"与"那片浅草的低级趣味"，只差一个叹词——或者说语气助词，味道却全然不同了。在前者悠长的"啊"里，带有诗人的慨叹和丰富的意涵，一如诗人潇洒的身影；后者少了"啊"，则像是一个严肃、呆板得有些谫陋可笑的判断，与诗相去甚远，与诗人的形象与情愫更是相去甚远。

一字之差，真有千钧之别，千里之差。一个诗人就是这样掂量词语的轻重取舍的。所谓"文章千古事"，所谓"吟安一个字，捻断数根须"，于此可见。在这个意义上说，吕老师30年出版三部书，即使不说十年磨一剑，也算得上认真并"高产"了。虽然如此，我还是期待，吕老师能够"乘胜追击"，再出佳作。

后记　向往好批评

本书是对我过去七八年里所写的、对陕西诗人及其诗作的论评文字，是带有小结性质的结集。2011年冬天（那时我还在南京念书），在写下关于《天生丽质》的文章时，我没有想过，此后会与陕西诗歌有怎样的交集。2013年之前，我认识的陕西籍诗人可说寥寥无几，读过的作品，更是少得可怜。是年夏天，我到西安工作后，认识的人渐渐多起来，阅读他们作品的机会也随之多起来。这本书里的文章，算是部分阅读的记录。

作为阅读记，这些文字难免显得有些随意，现在看来也留有诸多遗憾。比如文章的篇幅和展开的程度不够齐整，论述的程度也各有差异。对各篇文章的论析所采取的视角、立论的标准、评判的尺度，更是不尽相同。在整理这些文章时，我甚至发现，阅读写作时的心情都可能会影响我对诗人诗作的判断，很难做到"一把尺子量到底"。如何面对这种随意性呢？除了删汰一些很不理想的篇幅外，我想，留下一些不统一的痕迹，未尝是件坏事。它至少提醒我，评论像创作一样是一种艺术，完全可能是"任性"的；同时，也需要想象与创造，而不是单纯的判断以及机械的规制。

好的评论要有好的艺术感觉，同时又兼具理论的自觉。比如，在评论作品时能将一种观念贯穿到底。像丹纳的《艺术哲学》，将孟德斯鸠在《论法的精神》里所提到的地理气候决定论运用并贯穿在他对艺术的考察中，从社会哲学的角度品评艺术。再比如，国内某著名评论家在评论文学作品时，总是能够以俄罗斯的文学观念为底色，贯穿品评的始终。这样当然好。作为一个在哲学系学习过多年的学生，我对这样的前辈及其做法深表敬意，也深知这种做法的意义与价值。至少会让评论者显得有立场、有观点。但是，本书中的篇什并非如此。它们是我在近10年的时间里，断断续续写成的。每次动笔所论及的诗人诗作，触动我之处各不相同，每篇文章背后的写作情境也各异。在写文章时，我并没有想到立场统一的问题。以我目前的学术修为，似乎还很难做到持守一种理论观点，并将这种观点贯穿在对具体作品考察的始终。最后，也最重要的是，对于从一个稳定的理论立场出发来品评具体作品，至少现阶段我还难以接受。面对或传统，或先锋，或抒情，或主智的诗歌作品，很难用一种眼光去看待。正如在艺术领域里，我们很难用同一个标准去对待古典艺术、现代艺术和后现代艺术（包括先锋艺术和实验艺术），否则就可能出现虚焦，甚至会有刻舟求剑的嫌疑。正因此，在这些文章中，我时而侧重从时间、历史的角度去探讨，时而侧重从诗艺本身去考察；有时对作为讨论对象的诗作进行静态的论析，有时则从作者生活和成长的环境出发，从知人论世的角度探讨其对写作者的影响，或者个体对地域的超越，等等。总之，面对不同的作品，我会自觉或不自觉地移步换景，调整景深，重新对焦，以便找到更好的理解和论述角度。当然，作为一个从哲学系毕业的学生，我也期待有一天，能在消化、解决上述矛盾的前提下，超越这种不断变换"根据地"的做法,以某种哲学理念为依凭,对作品做一番剔骨般的分析判定。不过,这是后话了。

说起来,书中的评论看似缺乏鲜明立场,其实,还是有标准,或说倾向的。比如在诗的传统与先锋、陈旧与革新之间,我的立场还是很鲜明的。以致现在有些怀疑,与我们今天所看到的许多评论一样,我是不是有些过于强调创新,而缺乏像艺术史家 E. H. 贡布里希所提醒的,"对传统的必要性"、对其积极一面的关注和开掘。

本书无意写成文学史的模样,也无力承担那样的重负。对于书中所提到的诗人诗作,我自信多数都是在陕西乃至在全国具有代表性的。不过,一想到仍有不少遗漏,就深感遗憾。比如关于周公度诗歌的评论。在过去几年中,诗人周公度不仅出版了儿童诗集,也出版了其他出色的诗集,像《食钵与星宇》。虽然后者我读过不止一遍,非常喜欢,却至今苦于难以成文,只能抱憾。另一些诗人,如"50后"诗人尚飞鹏、耿翔,"60后"诗人伊沙、李岩、刘亚丽、秦巴子、李汉荣、远村、成路,"70后"诗人李小洛、朱剑、黄海、王琪、王可田,"80后"诗人二冬、破破、杨康,"90后"诗人程川、高璨……因为各种原因,我或者未有系统地阅读,或者读过一些而没有写成文章,或者也写过些文字,终因太不如意而未能收进书中。好在上述诗人诗作已不同程度地进入公众的视野,已有不少评论家和读者写过专论,并不差我的一篇。就此来说,遗憾不在他们,而只在我。愿以后有机会修订此书时,略作弥补。

书中的一些篇章曾在《延河》《唐都学刊》《石油文学》《南京理工大学学报》《西安财经学院学报》等刊物上发表。感谢这些刊物的接纳和编辑老师认真负责的工作。本书的写作与整理，一如既往地得到西安财经大学文学院以及文学创作与文体研究中心诸位前辈和同仁的关心与支持，特此致谢。辛柯蒙同学参与讨论和校读了部分文稿，发现了不少错漏，一并致谢。

宋宁刚

2019 年元旦